目錄

03　泰國特別多古靈精怪？

04　泰國人想離開？我想留下！

祝你夢想成真

「祝」你夢想成真」這句話，由小時候開始一直聽到大，老實說 30 年來我都沒有很大感覺，覺得只是句「想不到說甚麼而隨口拋出的祝福」。直到這三、四年才學會感恩這六個字的力量，因為「夢想」真的會成真…… 就例如書入面我所有經歷，及今日這個「作家夢」……

多謝幫我完夢的出版社，多謝從來沒有阻止我發夢的黎爸黎媽，多謝令我有夢想的偶像 s、多謝日日都叫我發多點夢的朋友，最後多謝像傻婆一樣落腳追夢的我自己。

其實去到這一刻已經寫完整本書接近 5 萬字，要落手寫這篇作者序，我依然沒有實感「我要出書了～」，記得五年前有一位旅遊作家邀請我協作寫六版關於一個女仔獨遊泰國的故事，那時我一邊寫一邊很羨慕「會不會有天我也可以寫一本完全屬於自己的書呢」…… 然而當去到真正擁有機會，原來是又興奮、又懷疑、又不安、又感動…… 還很累 ：)

五年時間，世界改變了很多，我亦由一個協作家變成作家、由一個普通粉絲變成泰國 YOUTUBER 及泰星見面會主持人，更加由一個黐身女兒變成獨自去泰國生活都完全沒有問題的女生！當初決定去泰國讀書時，身邊很多人都不理解，更加認為我「泰瘋狂」，誰又想到泰國就這樣徹底地扭轉了我的人生，更令我今日有機會將自己千奇百趣的故事寫成這本《一個女生泰浪漫》。

曾經有一位朋友笑言「望住你的人生，就猶如看劇一樣精彩。」從小到大我都以為自己活得很簡單，但原來是我小看了自己！可以來到這個世界本來就不簡單，要毫無畏懼地向自己的夢想直衝更加不簡單。我不是甚麼人生導師，只希望我的故事可以為你帶來少少鼓勵及勇氣，走出「安全圈」，讓自己做主角將夢想成真！

阿金
2024 年 5 月

泰國影帝 Sunny Suwanmethanont

เขียนไงอ่ะ foreword 5555 คำนำ ต้องพูดว่าไรอ่ะ เอาท่อนนี้เลย ใส่เมโลดี้ ไปด้วยนะ ขอให้คิมมี่ โชคดีในทุกๆความตั้งใจ

很久沒見喇！Foreword 要怎樣寫啊 哈哈哈哈 推薦序 我應該説點甚麼啊！放這一段，要加上旋律啊，希望阿金你可以在所有努力上得到幸運。

推薦序

泰國電影《去吧! 女神兵團》導演 Chayanop Boonprakob

ผมได้รู้จักกับคุณ 'คิม'
เพราะภาพยนตร์ 'Friend Zone ระวัง..สิ้นสุดทางเพื่อน'
ได้ไปฉายที่ฮ่องกง และทำให้ผมโชคดีได้ไปโปรโมท

หนังที่ฮ่องกงด้วย แน่นอนว่าผมพูดภาษากวางตุ้งไม่เป็น
แต่เขาน่าจะมีล่ามให้แน่นอน แต่แล้วผมก็ต้องประหลาดใจ
เมื่อคอลัมนิสต์ฮ่องกงที่มาสัมภาษณ์ผม ดันพูดไทยปร๋อสุดๆ
แบบไม่ต้องใช้ล่ามเลย
เราจะรู้สึกชื่นชมเสมอเวลาเจอชาวต่างชาติหัดพูดภาษาเราได้ใช่ไหมครับ
แบบผิดๆ ถูกๆ ก็ยังชื่นชม รู้สึกน่ารักน่าเอ็นดู แต่คุณคิมคนนี้นี่ระดับพูดคล่องปร๋อ
ผันวรรณยุกต์ถูกเป๊ะเลย ผมคิดว่าคุณคิมคงชอบประเทศไทยมากจริงๆ
หลังจากนั้นเราแลกคอนแท็กกันไว้เผื่อติดต่อสัมภาษณ์ใดๆ อีก
และผมก็ต้องช็อคกว่าเดิม เมื่อคุณคิม chat มาหาผมเป็นภาษาไทย! ฟัง พูด อ่าน
เขียน ได้หมดเลยนี่หว่า! ไม่ใช่ชอบประเทศไทยเฉยๆ แล้ว แต่รักระดับเข้าเส้น!! จริงๆ
คงพอเดากันได้ว่าแรงบันดาลใจของคุณคิม น่าจะมาจากการที่ชอบดูซีรีย์ไทย หนังไทย

หรือชอบดาราบักแสดงไทยสักคนมากมากกกกก
จนทุ่มเทเวลาชีวิตไปนับไม่ถ้วนชั่วโมงในการเรียนรู้ภาษาที่ไม่ได้แพร่หลายทั่ว
โลกแบบที่คุณกำลังอ่าน ยู่ มันต้องอาศัยความรักและความมุ่งมั่นทุ่มเทจริงๆ
ที่นำพาคุณคิมมาถึงจุดนี้ หลังจากนั้นผมก็เห็นคุณคิมทาง IG อยู่เรื่อยๆ
ว่าเธอมาเมืองไทยบ่อยมาก แต่ก็ต้องประหลาดใจอีก เมื่อหลายๆ ที่ที่เธอเที่ยว
สารภาพว่าผมเองก็ไม่รู้เลยว่ามันมีที่แบบนั้นในไทยด้วย! ผมจัดให้คุณคิมเป็นคนระดับ
"ตัวจริง" "สายลึก" ในสิ่งที่เธอชอบและสนใจ คนแบบนี้น่านับถือมากๆ
ปลื้มใจแทนวงการหนังซีรีย์บ้านเราที่เป็นแรงบันดาลใจให้คุณคิมนะครับ
เชื่อว่าหนังสือเล่มนี้ จะทำให้คุณ ประหลาดใจ
/ประทับใจในความรักที่มีต่อวงการบันเทิงไทยของคุณคิมอีกอย่างแน่นอน

我認識阿金是因為《去吧！女神兵團》在香港上映，我有機會去香港宣傳電影，
因為我不會講廣東話的關係，主辦方請了翻譯，但令我驚訝的是受訪時採訪者居
然可以流暢地講泰語，完全不用翻譯協助。

每當遇上外國人講我們的語言都會很欣賞，時對時錯都會覺得很可愛很欣賞，

但阿金講得很流暢，發音完全標準，我認為她真的很喜歡泰國，之後我們交換聯絡方式，以備之後有機會再接受訪問，而當她用泰文傳訊息給我時，我再次感到驚訝，聽、說、讀、寫全部都可以！

這不只是單純「喜歡」泰國，而是達至「愛」的程度！老實說，大致猜想到阿金的動力是來自喜歡看泰國劇集及電影，又或是非～～～常喜歡某一位泰國藝人，以至付出無數時間去學一門在世界上並不如你現在所讀到的語言那麼普遍的語言（泰文），這是真的需要付出愛及奉獻才會令阿金走到這一個位置，之後我都透過 IG 見到經常來泰國，但再一次感到驚訝的是，有些她去玩的地方老實說我連泰國有這個地方的存在也不知道，我認為阿金對她喜歡和感興趣的事物是「真心」及「深層了解的」，這樣的人非常值得尊敬。

我開心我國的電影和劇集可以為阿金帶來動力，我相信這本書絕對會令你因為阿金對泰國演藝圈的愛而感到驚訝及深刻。

泰國樂團 TILLYBIRDS

คิมเป็นคนที่น่ารักและอัธยาศัยดีมาก
ตอนคุยกันเรารู้สึกเหมือนว่าเรารู้จักคิมมาก่อนหน้านี้แล้ว
เหมือนเป็นเพื่อนคนหนึ่งที่เราได้กลับมาเจอ ได้มาพูดคุย
แถมเพื่อนคนนี้ยังตลกอีกด้วย! ตอนเราคุยกันสัมผัส
ได้ว่าคิมเป็นคนสุภาพ ใส่ใจ แถมยังมารยาทดี ถามไถ่
ตลอดว่าอยากกินอะไร และก็แนะนำมาเยอะมากอีกด้วย
ถ้าพวกเราอยากสัมภาษณ์กับคนฮ่องกงคนไหนอีก
คิมคือคนแรกที่พวกเรานึกถึงแน่นอนครับ

阿金是一個很可愛而且很熱情的人，當我們跟她聊天的時候有種我們已經認識了她很久的感覺，猶如一位老朋友我們回來再跟她見面、聊天一樣，而且她更是一個很搞笑的人啊！直到跟她聊起來發現她是一個很有禮貌、細心、而且很有禮儀，總會問我們「想不想吃點甚麼？」，更加會向我們推介很多東西！假如我們再有機會接受香港人的訪問，阿金一定是第一個我們會聯想到的人！

你好，我叫「阿金」！

我是個有夢想的追星族

大家好,我是「KIMMY」、「金美」、「P'KIM」、「阿金」…… 這幾年我多了好幾個名字,有時連我自己也會猶豫要如何跟新朋友介紹自己(笑)!叫我「阿金」好了,畢竟這個名字對我人生有點「意義」。

我的世界只得明星

我今年35歲,在旁人眼中已經年紀不小,以「常理」來講應該要有一份不用高薪但可以養活自己及父母的正職、一個拍了多年拖準備拉埋天窗的男友,再看遠一點可能已經生了小孩子,一家人住在屬於自己的物業裡面……但是「我!一!樣!都!沒!有!」我現在的人生,只有一台手提電腦、一間小小的獨立房間(房內的工作枱還要小得很,我每次工作都在叫膊頭疼)、一本蓋滿泰國出入境印章的護照、一個還沒有整理好的行李箱、一對縱容我的父母,還有……「快樂」。啊!忘了說,我是一位自由工作者,也是一位YOUTUBER、粵泰翻譯員、泰星見面會主持人、作家,還是一個擁有20年追星年資的花痴(連「職業」我也多樣化到會猶豫要怎樣介紹。)

從小到大我都很喜歡明星,幼稚園放學會跟爸爸要1蚊扭黎明、郭富城的YES!CARD、小學會拖著媽媽的手去信和求她買TWINS的明星相,初中又會買SHINE、陳冠希等的專輯,一直看著港星長大!直到我讀中

三那年，有次意外在節目《勁歌金曲》看到韓國 OPPA RAIN 的表演，記得 OPPA 穿著一件真皮背心，在電視前面跳著神曲《IT'S RAINING》，當時只有 15 歲的我看到 OPPA 可愛的單眼皮、爆炸力十足的唱跳實力，一秒間有種「世界停頓了」的感覺。當時連香港飛韓國都不知道要幾個小時的我，竟然喜歡上一個韓國歌手，連自己都覺得很神奇！不過其他人覺得更神奇的是，我不是從韓劇《浪漫滿屋》喜歡 OPPA 的，而是《勁歌金曲》！RAIN OPPA ！SARANGHAE YO（我愛你）！

媽媽知道我喜歡TWINS，托朋友帶我入後台跟偶像合照

我要做記者！

喜歡 RAIN 之後，我真真正正踏上追星不歸路！《浪漫滿屋》看了一萬九千八百七十六次、每次看劇都會跟住講幾隻韓文生字「我愛你」、「討厭」、「傻瓜」，希望在語言上跟 OPPA 拉近 0.000001 米距離、校歌沒記好但一定會唱《三隻小熊》、整個房間每個角落都貼滿 OPPA 的相片及海報，連衣櫃都不放過、每篇關於 OPPA 的新聞都不會忘記剪下來收藏好、如果遇上 OPPA 來港出席活動的大日子，更會在前一天就預告定媽媽「明天我好像會不舒服」，然後凌晨 5 時起床坐頭班機場巴士由屯門出發到機場等候 OPPA 到來，在成千人的粉絲群入面盡力逼前看 OPPA 的後尾枕一眼（真想知道那時候媽媽有甚麼感受？）

每次追 RAIN，說真的很累，但很快樂。這樣的追星生活維持了一年多，去到升中五那年，有日我如常去追 OPPA 一個香港活動，當日我一大早就去到尖沙嘴等候。記得天氣很熱，不到 12 點粉絲已經塞爆半條海防道，大家都在街上等了超過 4、5 小時，又熱又累。到活動差不多開始時，我見到有幾位記者哥哥、姐姐突然在我旁邊的「MEDIA」通道走入場，然後就站在我們粉絲群前面架起相機，他們輕輕鬆鬆就企到最前的拍攝位置！

去到活動結束，那幾位哥哥姐姐直接走到 RAIN 面前駁咪跟他做訪問，只距離一個身位的位置！而我，當時跟 OPPA 的距離，我會形容為「隔了一條漢江！！！」我誇張了一點，沒有這麼遠，大約十個身位左右，但

絕對不是會被 OPPA 看到的位置。望住 RAIN 身旁的記者哥哥姐姐，站在粉絲群流到滿頭大汗的我羨慕又妒忌，心裡燃起一個遠大夢想：「我要做記者！我要近距離見到 OPPA ！」

是RAIN來香港開演唱會的照片⋯⋯已經是2016年的事

1.2

除下記者證！我要去泰國！

直到現在我都不時回想到底那時是有多喜歡 RAIN，才會不知天高地厚當街立下「我要當記者」這個夢想！再一次覺得年少真好，不用三思就傻衝！

我真的入行了！

為了當上記者，説白點為了親近 RAIN，會考成績不理想的我未能在香港的大學修讀傳理系，所以改行「PLAN B」：17 歲獨自去到澳洲升學，入讀為期三年的大眾媒體學士課程，為了將來「可能」有機會訪問 RAIN，在大一那年更報讀了兩期基礎韓文課。

在澳洲讀書那三年，曾經因為多次想念爸爸媽媽和朋友、熬夜讀書很累、一個人搬來搬去很無助而哭過無數次，雖然説過很多次「我不想讀了，我想回香港」，但就左手執住記者夢，右手執住滿是眼淚的紙巾撐過去，最後成功拿下一張寫住「Bachelor of Art：Mass Communication」的畢業證書向爸媽炫耀「我畢業了！」

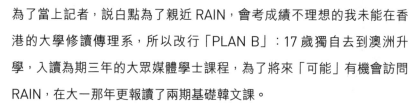

原來這就是記者視角

得償所願，我在 21 歲正式入行，掛上「夢寐以求」的記者證當上韓娛記者！記者生涯入面，聽得身邊朋友最多的説話是：「好幸福哦，你可

以訪問到那位那位韓星」、「羨慕你可以免費看演唱會」、「你又可以到韓國出差哦」等……

確實,入行頭兩年蠻開心的!記得第一個訪問的韓星就是 SS501 的金賢重,當年他來港舉行粉絲見面會,我們在騷前跟他做圍訪,那時我對「圍訪」一無所知,坐位安排、發問模式、禁忌等,全都是從同行攝影叔叔口中「攞料」,再自己看情況「執生」避免出錯被前輩行家鬧(娛記在圈外出晒名兇,有時候連 PR 都忌他們三分)。

回想過去跟韓星的互動,其實有很多開心及蝦碌回憶:金秀賢再次來港宣傳電影《偉大的隱藏者》,被邀請跟他做一對一訪問,當時我很喜歡他所以心情特別緊張,整個過程我幾乎不敢直視他,努力掩飾內心的興

做記者的那幾年,我人生確實得到很多寶貴的經驗

奮，至今我仍然相信自己成功瞞天過海；另外，跟李鍾碩的互動應該是最驚喜，那次李鍾碩突然在訪問途中問我年齡，得知我們年紀相同時突然跟我握手：「我們同年啊朋友」，瞬間將整個訪問氣氛變得很輕鬆。訪問後相隔兩、三個月，李鍾碩再次來港舉行粉絲見面會，當日我如常去採訪騷前記者會，就在開場拍照一刻，他跟坐在台下左邊第三行的我揮手，當刻百感夜集，很突然、很開心、很緊張、很不知所措……

幻想與現實的拉鋸

看到這裡，我的記者生活聽起來很開心，很 FUN 吧！現實是，開心跟痛苦各佔一半。人前我們出去採訪見明星，人後我們坐在辦公室最高峰一天要打十二篇稿、文章寫不好被編輯罵到哭、新年、聖誕無假放照常上班追新聞、出席演唱會一邊看騷一邊摩打手出稿鬥快趕即時新聞、出差兩日一夜飛韓國覺也沒睡好回港就要上班趕稿等……最殘酷是入行七年都只是拿住剛過兩萬的人工，更不會知道何時有幸「被看中」升職當編輯。

夢想跟現實的矛盾，我的記者生涯變得迷惘：「每天趕稿其實為了甚麼」、「我是在追夢還是追點擊率」、「就這樣打稿打到 60 歲退休」……以上問題問過自己無數次，亦自我安慰過「先留下吧，出外也不知道做甚麼」、「可能下年就升做編輯」，可惜時間一直過去，工作沒有任何變化。拉鋸了近一年，即使最後都完成不到「訪問 RAIN」的夢想，但我決定在 2018年除下記者證，辭職去追隨另一個夢想――去泰國學泰文。

1.3

遇上令我飛去泰國學泰文的男人

啊！我還未解釋為甚麼突然會想去泰國學泰文，都是因為明星喇。大家都知道我 15 歲就喜歡 RAIN，入行後一直做韓娛記者，基本上十多年來，工作及生活有九成時間都被韓星、韓劇包圍，真真正正將興趣當成工作，但這是一件幸福的事嗎？

OMG！泰仔這麼帥的嗎？

由《浪漫滿屋》開始，我不知不覺已追看韓劇超過十年；十多歲看韓劇，充滿幻想，所有故事都覺得新鮮，所有韓仔都是「OPPA」；去到二十多歲看韓劇，校園愛情劇已經找不到共鳴，加上工作關係經常「被逼」看劇做劇評，追劇變成一份壓力。

就在這個「韓劇樽頸位」，我意外發現由 MIKE 及 AOM 主演的泰版《浪漫滿屋》。老實說我最初是抱住「竟然夠膽翻拍我 OPPA 的經典，就看看你甚麼料子」的心態開劇，以為自己八卦一集就放棄，畢竟我對泰國影視作品仍停留在《拳霸》、《人妖打排球》及森美早年訪問 TONY JAA 講顏色泰文「屎 NAM 但」、「瀨瀨屎」的印象，所以對泰劇沒有抱任何期望，但就在我按下「點播」鍵的一刻，我的人生改變了……

看到泰版《浪漫滿屋》男主角 MIKE，我第一句爆出口的是「OMG！泰仔這麼帥的嗎？」雖然劇情跟韓版一樣老土，但男女主角的甜蜜互動夠

自然，成功令我那顆停止了很久的「少女心」再次跳動！坐在電腦前面的我紅都面曬，一邊咬住枕頭角一邊按下「下一集」、「下一集」，覺也不睡用兩天時間追完 20 集，這個感覺……LONG TIME NO SEE！

為了這個男人，我去學泰文

如同當年迷上 RAIN 再瞓坑韓圈一樣，MIKE 徹底將我推入泰劇坑，煲完泰版《浪漫滿屋》之後，校園劇《荷爾蒙》、老土大明星愛上平凡女《我要成為超級巨星》、姊妹爭仔反目狗血劇《CLUB FRIDAY THE SERIES》、翻拍再翻拍的泰版《惡作劇之吻》等……無一不追，基本上韓劇變成為工作而追看，泰劇才是真正的「ME TIME 娛樂」！過程之中，我更因為一套泰片《I FINE..THANK YOU..LOVE YOU》，遇上生命中第二個重要的「男人」－－泰國影帝 SUNNY SUWANMETHANONT（我都叫他 P' SUN）！

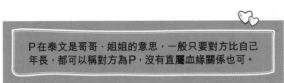

P 在泰文是哥哥、姐姐的意思，一般只要對方比自己年長，都可以稱對方為 P，沒有直屬血緣關係也可。

P' SUN 帥到令我嘩然的混血兒外貌，加上戲內戲外的風趣幽默，我一秒跌入「愛情陷阱」！當 RAIN 是推動我去學韓文的動力，P' SUN 就是令我去學泰文的原因！要知道當年追看泰劇的人少之有少，有中文字幕翻譯的劇集選擇不多，有時候沒有翻譯就要逼住看「生肉」（無字幕版），

泰片《出貓特攻隊》在全球爆紅之後，很幸運可以訪問到四位主角

也別説綜藝或訪問片！我真的很想追看 P' SUN 所有作品，所以我決定報讀工聯會的泰文課程！

説真的，早年工聯會的泰文課程真的很～～～難！要記熟 44 個輔音、32 個元音、聲調之外，老師每一課都會讀一篇長～文，從中再教一些生字，間中又考下書寫聆讀，但因為日常生活幾乎沒有機會運用到，頂多靠追劇訓練聆聽，所以報讀三期課程後我的泰文水平仍停留在白紙期；不能講，不能寫，一集劇聽懂幾個詞語而已。有感課程跟自己不太適合，最後還是決定靠追劇自學就算。

自學期間，一直想再找機會去讀泰文，更想過去泰國學泰文，但因為當時已經 28 歲，我要考量的因素超過 100 個，加上惰性及拖延症，久久未有行動。直到遇上之前提到的工作迷惘期，加上一個爆發位是當年泰片《出貓特攻隊》全球爆紅，我一直爭取想嘗試報導泰娛新聞，但編輯就多次因為點擊率問題而推翻，更一句「泰國嘢冇人睇」為由而拒絕，我直接失落到灰。就是那一晚，回家後我反覆自己「真的還要繼續下去嗎？」、「你還想去泰國學泰文嗎？」，最後決定趁今次機會讓自己衝動多一次，遞出辭職信！

自學泰文影片

媽媽：你就不能好好留在香港嗎？

遞完辭職信，有輕鬆到嗎？「NO！NO！」因為要面對的問題接住來！由細到大我都是想做就做，想講就講，好聽來說是「隨性」，不好聽來說是「衝動」，正如當年我想近距離見 RAIN 就決心要讀傳理系，升不到香港大學就一個人飛去澳洲留學，點都要拿住一張大學證書入行當記者！去到今次想學泰文拉近同 P'SUN 的距離，就直接辭職飛去泰國。從來我要做的，沒人可以阻止！這股衝勁，我身邊朋友都會讚我「大膽」、「敢做」、「自由」，不過在於爸爸媽媽立場，我就令他們非常頭痛。

我要做的沒人可以阻止

決定辭職去泰國讀書，我其實沒有認認真真坐下來跟爸爸媽媽商量過，（回想起來好像有點…… 不孝）。當時的畫面我記得很清楚 — 媽媽正在洗菜準備煮飯，我放工回家後靜悄悄入去廚房倒一杯水，然後站在她旁邊「觀賞」她洗菜，一直默不作聲，因為要做好心理準備被她囉唆，等到她開口問一句「站在這裡做甚麼」時，我就心虛細細聲講：「我決定辭職飛去泰國讀一年泰文啊……」

吓！為甚麼？

不想再做下去，沒意義，也看不到前途，做了這麼多年都是這樣⋯⋯

找第二份工作不行嗎？為甚麼一定去泰國？

我想學泰文啊

學泰文非要去泰國學嗎？

在香港學也可以啊！

學泰文將來有甚麼用？

你都 28 歲了，就不能好好留在香港嗎？為甚麼總是一個女生自己走來走去？現在的薪水好好的⋯⋯ 你去到泰國有收入嗎？

我真的不想再打稿了，我想做自己想做的⋯⋯

那你男朋友呢？

⋯⋯⋯

家人 VS 男朋友 VS 夢想

對啊！當時我在香港是有個拍了一年拖的男朋友的！異地戀應該是很多情侶都不希望面對的事，始終今天不知聽日事，雖然一年時間很快就過，但中間會不會有一方出軌、感情會不會變淡、會不會分手……無人知！我當然也有擔心過這些問題，但「男朋友 VS 夢想」，我選擇後者！所以即使我跟男朋友正處於熱戀期，我依然為了去泰國學泰文而選擇跟他分隔異地！至於我跟男朋友的故事……之後再續，先回到跟媽媽洗菜！

其實我非常理解媽媽的心情，亦明白她在擔憂甚麼，因為她對我拋出的所有問題，每一條我都已經反覆問過自己過百次。28 歲，無論是我身邊好朋友抑或是媽媽身邊朋友的兒女，大部分已經有份穩定職業，日日努力上班為前途搏殺，又或是準備好跟伴侶計劃結婚……但我卻在這個應該要穩定的年齡選擇做「失業青年」，去泰國讀書一年，還是讀將來回到香港根本不知道有何用的偏門泰文！

最重要的是，之前遲遲不辭職都是因為捨不得這份月薪，不敢想像辭職之後銀行戶口從此只得「支出」沒有「存入」、不知道去完泰國之後假如積蓄清零怎麼辦、留學回港後找不到工作及同等薪金又該如何？前途…… 雖然很黑暗又迷失，但當刻我只覺得「人生……現在不做將來就不會再做，不要讓自己後悔」，所以被媽媽囉嗦了一整晚，翌日我就照計劃行事，放工之前遞上辭職信，為自己的泰國留學的路鋪上第一粒石頭。

我獨自在曼谷生活

倒數六年前，去泰國學泰文的人少之又少，要在網上搜尋相關資料就如海底撈針一樣，幸好的是在過程入面我找到幾位曾經在曼谷及清邁上過泰文課的台灣及香港「前輩」的分享文章，他們都紀錄了自己在泰國留學及生活，有人更超有心分析不同學校的教學方式，令本身處於迷惘的我開始有個概念知道如何入手選擇適合自己的學校及課程（感恩每一位有寫過分享文的前輩）。

好人「前輩」指點迷津

曼谷及清邁都有提供泰文課程的語言學校及知名大學，但因為我要追星的關係，所以清邁不在考慮範圍，我著手選擇曼谷的學校，簡單來說語言學校的教學方式比較輕鬆，一般每星期上五天課，每天三小時，可自行選擇上午課或下午課，有些學校就讓學生自行編排上課時間及日子，但這個非常考驗自律性，價錢方面也算便宜，大約 2000 港元一個課程；至於知名大學就走嚴苛路線，同樣是一星期上五天課，但幾乎每個星期都有測驗，而且價錢比語言學校貴三至四倍，最後因為我想在無考試壓力底下輕鬆上課，加上學費關係，決定入讀語言學校。

我選擇的那家語言學校不可以透過網上報名，一定要親身飛去曼谷處理入學及 Visa 事宜的關係，所以在短時間內我就決定先用旅遊簽證前往曼谷一個月，率先報讀一個月課程兼旅遊生活，嘗試水溫看看自己是否適

同一個曼谷街景，以前都是跟爸爸媽媽或者男朋友一起看到，今次就只得我自己一個

合留在曼谷。不過今次是我第一次獨自去曼谷，加上當時泰文程度只會基本打招呼及數到「1至10」，出發前我都擔心會雞同鴨講，所以就膽粗粗在網上 inbox 一位曾經入讀同一間語言學校的前輩，問清楚所有報名流程、所需資料、去到曼谷生活要注意的事項等⋯⋯很感恩那位前輩超好人地教曉我所有步驟，更介紹了另一位好朋友給我，租借她在曼谷的房間，讓我的一個月曼谷生活有落腳地。

吃了一生人最孤獨的豬腳飯

連續兩、三個月都在忙找學校、處理入學、準備機票、執行李、兌換金錢等大小事，還來不及跟爸爸媽媽及男朋友認認真真交代接下來的「一個人泰國生活計劃」，我就要出發去曼谷。可能今轉只停留一個月的關係，對家人及男朋友沒有太大不捨，反而擔心自己去到會因為語言問題或文化差異，又或者曼谷生活根本不如自己想像中美好而會喊著回家。由上機到落地曼谷機場後，一直都跟朋友及家人來的「熟悉」地方，瞬間因為只得自己獨行而變得「陌生」。由入境過關到拖住行李去的士站，

整個路程……説真的，有點孤獨，當年一個人去澳洲讀書的感覺重現，同時亦讚嘆自己用三個月時間，實踐了另一個追夢目標。

到達曼谷第一晚，整理好行李、跟爸爸媽媽、男朋友、朋友報完平安，就出去八卦住所周圍環境；記得距離住所大約 5 分鐘步行路程，有條小巷入面有幾間街邊檔賣海南雞飯、豬腳飯、船麵及水果……而我曼谷第一餐晚餐就在這裡解決。站在豬腳飯檔前面，在一堆泰文「蛇仔字」入面我只看得明「50」及「60」兩個數字，可能是我的眼神太過迷惘加上長住一副「一看就知不是泰國人」的樣子，男檔主指住眼前的豬腳微笑問「khao ka moo（豬腳飯）」，我點頭，他再指住隻雞蛋，我又點頭，然後他就指住身後的摺椅叫我坐下等。果然，身體語言才是世界語言！

整個手指指過程很搞笑，但其實亦很鬱悶。我原本是個很多話而且很怕悶的人，那晚獨自坐在小巷入面一個人食飯，觀看住身邊的泰國人，聽著他們聊天自己一個字都聽不懂猜不明，有種尤如外星人落在陌生星球

這碟是我人生入面吃過最孤獨的豬腳飯

的感覺，一股孤獨感再次出現。看著眼前的豬腳飯，突然想起媽媽那天在廚房問我「為甚麼總是一個女生自己走來走去？」對啊，是我選擇自己一個人來到曼谷、一個人生活、一個人食飯，路是自己選擇的，接下來一個月無論怎樣都要撐下去：「想明天早點到來，讓我快點報名，下次可以直接用泰文點餐。」

「究竟我一個女仔來到這個地方讀書生活會OK嗎？」我都好想知道

一個女仔生活可以好「精彩」

02

一個人上語言學校

到埗曼谷第二日，我帶住報名需要用的文件去語言學校，之前在網上做資料搜集時有見過過來人分享在泰國處理學生簽證比較麻煩，都擔心會很複雜或雞同鴨講，幸好學校的接待姐姐做慣做熟，用英文跟我講明開班日子，又用紙筆逐樣寫明申請學生簽證需要的文件及要注意的事等，用不到半個小時就完成整個報名程序！「過兩天準備來上課啊！」接待姐姐一邊將我的申請文件放進信封袋，一邊笑住提點我不要遲到及最少要有八成出席率，又告訴我可以去對面的 Teminal 21 商場逛逛，頂層的 Food Court 有很多東西吃（哈）。泰國人果然友善！我環觀周圍跟我一樣來報名的人，好奇當中會否有同班同學之餘，都想知道他們學泰文的原因！

在泰國上一課等於香港上一個月課

我們班連同我有八位學生，四個韓國哥哥，兩個日本姐姐，一個內地女生，我是唯一的香港人。亞洲人應該真的性格比較內斂，除了韓國哥哥在圍爐聊天，其他同學仔包括我都各自玩手機或看泰文書本，沒有任何交流，直到老師走進來「SAWATDEE KHA TUK KHON（大家好）」，同學仔才抬起頭將視線集中在她身上。老師一開始用半泰文半英文 講明接下來的課堂只會用全泰文教授，亦鼓勵我們在課堂上不要用英文交流，

盡量只說泰文。雖然之前看「前輩分享文」已經打定底，知道學校在頭三級會先用英文拼音拼寫泰文，教導聽、說部分，到第四級才開始接觸泰文「蛇仔字」，但都有點緊張，畢竟泰文不像韓文，發音沒有半點像廣東話，很難估得到意思，擔心自己會全程黑人問號，同班同學仔當然亦同我一樣用個困惑表情對住老師。

老師一開始講課，我們上一秒的憂慮變得多餘。老師全程努力地用住英文拼音在白板寫出泰文句子，加上圖畫及身體動作，同學仔似乎吸收得到，更成功逐一做到簡單的自我介紹，大家即時由原本迷惘的表情變到有講有笑！說真的，這一節短短一小時的課堂，我學到及講到的泰文比在香港上一個月課堂還要多，回想起自己前兩天吃豬手飯時一句泰文都不會講，到今日可以用泰文講到幾句自我介紹，瞬間想拍拍自己膊頭「你來泰國來對了」。

同學仔有家人陪伴有少少羨慕

多謝老師在堂上做「媒人」讓我們互相認識，小息時間我跟身邊的內地女生及日本姐姐開始互相八卦來泰國泰學泰文的目的！我原本以為肯定有人跟我一樣是因為喜歡泰國明星而來，怎料一個都沒有！兩位日本姐姐是因為老公來泰國工作在家裡沒事幹所以來學泰文消磨時間；我身邊

的內地女生就是嫁給了泰國人為生活學泰文；韓國哥哥有的是想認識泰國女生，有的是想在這邊工作……而當我說是為明星而來學泰文，日本姐姐及內地女生都一面驚訝看著我「REALLY？」還叫我開 P' SUN 的 IG 給她們看，想知道何方神聖這麼大吸引力，而她們的回應都是「我知道他」，完，沒有更多意見。

對於我為了 P' SUN 放低香港所有東西，一個女生跑來泰國學泰文，姐姐們都覺得我是個神奇人類，「你很厲害，如果是我一定做不到」，其實比起厲害，我覺得自己是「瘋狂」較多，看住日本姐姐及內地女生在泰國有自己家庭，有人陪她們食晚飯聊天，而我這個「獨行俠」下課就只是買個外賣回家對住四幅牆開餐，想找人聊天只可以等到晚上爸爸媽媽、男朋友及朋友下班回家，說不寂寞就假的，不過問我有沒有後悔來泰國，也沒有，因為這一刻我可以跟偶像呼吸同一天空下的空氣、在屋企附近用 10 蚊港紙就買到一盒好味豬手飯、在學校結識到新朋友圈子，而且上了一日課就可以用泰文做到自我介紹，真的蠻自豪及滿足！

雖然我上的是語言學校，但一點都不輕鬆，每晚都要做功課，溫習當日學過的泰文

初初去到曼谷未有太多朋友，好多時放學我都會自己一個周圍去發掘下餐廳、CAFE

這家CAFE是我當年的「第二個家」，他們的青檸蘋果水好好味

一個人網上識泰仔

來泰國讀書一年，説長不長，説短亦不短，想極速提升泰文能力，最快又最好的方法一定是結識泰國朋友！不過語言學校除了老師及接待姐姐，其他同學仔都是外國人，加上我未有能力和信心可以用泰文同本地人溝通，所以要在學校範圍以外結識一個有英文底子又要交流到的泰國人，不簡單！我有曾經幻想過各式各樣認識泰國朋友的方法：

- ♥ 坐在 CAFE 看泰文書等旁邊的泰國人見到，用語言交流做藉口跟他們搭訕（試過坐在 CAFE 一整天，但其實沒人會留意自己……哈哈）。
- ♥ 去 FOOD COURT 吃飯然後跟泰國人搭枱，鼓起勇氣跟對方聊天（現實情況是，用完英文開口問對方「我可以坐下來嗎」，然後全程安靜吃飯離座）。
- ♥ 去街邊問路等泰國人帶我去，再沿途聊天互相了解（看韓劇看太多，得到這個後遺症）。
- ♥ 交友 APP ？？（這個…… 有點背叛男朋友的感覺）。
- ♥ 參加工作坊（來到泰國人生路不熟，一時之間完全不知道從何入手）。
- ♥ 去酒吧（這個也…… 有少少 EXTREME）。

為達目的不顧一切

但世事真的很神奇，有日當我在玩 IG 的時候，系統突然派了一張曼谷街頭黑白照給我，我覺得很有感覺所以就點讚及留言一句「NICE

SHOT」，再點入帳號發現攝影師是位男生，而且其他相片也拍得不錯，所以就一下子讚好幾張相片，跟手 FOLLOW 了他！過了大半天，我收到這個泰國男生在我的留言回覆了一句「THANK YOU」，亦加了我的 IG 及點讚了幾張相片，「E～可以跟他做個朋友啊！做個 IG 網友聊聊天也好」當時希望認識到泰國朋友的關係，我決定膽粗粗用英文私訊他「I LIKE YOUR PICTURES」，他真的回覆了！

有時不要想太多，勇敢行第一步就有機會得到自己想要的東西。我跟這個男生當晚不知不覺在 IG 聊了幾小時，用英文簡單講下大家的背景生活，他知道我為 P' SUN 來泰國學泰文同樣神奇，亦樂意成為我的泰文

為大家介紹一下，他就是我的泰仔朋友BANK

這是我跟BANK第一次見面去的咖啡店

我們每個星期都去不同CAFE嘆咖啡兼影相

老師。我們找到大家的共同興趣,就是去 CAFE 飲咖啡兼打卡!他提到找個機會做導遊帶我去他的私藏 CAFE,順便行逛曼谷,我很多謝他的熱心,亦覺得有當地人帶我周圍玩是一件超正的事,但因為大家是剛認識的網友關係,怎樣都需要點戒心,所以嘴裡很有禮貌地回了一句「SURE」,但實情還是覺得「再聊聊看情況再算」。

原來泰國朋友好貼心

之後我們幾乎每天都會聊天,他會關心我的泰文學習進度,鼓勵我用英文拼音打泰文跟他練習對話,又教我泰文新字、發音,根本就如一個私人補習老師一樣。另外又會介紹一大堆 CAFE 及餐廳給我,仲會問我在泰國生活有沒有任何困難等等!基於他的熱心表現,大約一星期左右我就放下戒心,當他邀請我周六一齊去一家熱門 CAFE 打卡時,我直接應約了!

見面前一晚,泰國男生表示「明天我先來你家附近的 BTS 會合你,再帶你一齊出發」。出門之前其實都有點縮沙,畢竟是第一次見真身,「到底他是一個怎樣的人」、「會不會賣我豬仔」、「如果真人同網上性格出入很大點算?」、「我們真的溝通到嗎?」然後手機收到他傳來的車站照片「我到了,你準備好出門就來找我」。

死就死啦！

帶住緊張的心情行去車站，離遠已經見到他了！對比我內心無限緊張，他似乎很輕鬆，一手插住褲袋，然後笑住向我揮手「SAWATDEE KRUB，SA BAI DEE MAI（你好嗎？）」哈～看來又是我自己一個白擔心！第一站他帶了我去唐人街，沿途我們都是用英文來溝通，再夾雜少少我在學校學到的泰文單字，他亦一邊做導遊一邊教我泰文，最後捐窿捐隙來到一條小巷內的一家 CAFE！

咖啡店是一家兩層高的木系復古 CAFE，周圍有乾花、舊書本、科學實驗容器、舊相框等做裝飾，超有質感，他記得我提過喜歡木系 CAFE，所以決定先帶我來這家愛店！説真的，我聽到當刻有少少感動，我男朋友還不會記住我説過的話（哈），之後他又主動點了一杯「DIRTY」給我嘗試，大讚是 CAFE 的招牌，很感恩他幫我這個有嚴重選擇困難症的人解決了難題，不然我又不知要在餐牌前猶豫多久！

在泰國有人為你拍照是件好事

坐在咖啡店一角的我們摸住咖啡杯用英文夾雜泰文聊到泰國跟香港的文化差異、我的追星人生、學校生活、工作、咖啡喜好，亦很隨意地分享大家過去及現在的感情生活，基本上甚麼都聊一大餐！明明是第一天見

面，但就有種認識了很多年一樣的老朋友感覺，最搞笑的是中間我們會因為語言問題時不時要用上字典幫手（真的要多謝 GOOGLE 字典這個偉大發明）！

那次之後我們就成了好朋友，記得有次他講過「你來泰國生活，有人為你拍照記錄是好事，你可以儲起在這裡的回憶。」我聽完真的很感動，因為回想之前自己一個過來，基本上沒有好好拍過照，有時會自拍一下，但手機裡最多是食物相及街景相，所以有人主動幫我打卡……十萬個多謝。望住他，我很感恩自己當初膽粗粗地主動在 IG 跟他展開對話，我們今天才有機會一齊坐下來嘆咖啡傾生活。有時會想，如果我沒有認識這個泰國朋友，我的泰國生活應該不會這麼多姿多彩，泰文亦不會進步得這麼快！很多謝他成為我泰國生活的其中一個美好回憶。

好感恩BANK當年幫我影了很多靚相，重看每一張相都會記起當時的回憶

2.3

一個人成功追星

當初來泰國讀書是衝住追 P' SUN 而來，但一直未遇到他有公開活動！終於等到 5 月 10 日（2018 年），P' SUN 去 SIAM PARAGON 出席新片《BROTHER OF THE YEAR》（香港譯：《大佬可以退貨嗎》）的大型首映禮，「機會來了！飛雲！」

終於見到男神

喜歡 P' SUN 接近四年，今次是我第一次真真正正去追他的活動，亦 是第一次在異地追星，心情不緊張就假！根據十多年的豐厚追星經歷，追這些公開活動要讓偶像見到自己的機率⋯⋯接近零，要接近到偶像的機率，更加是負 100！即使如此，我都堅持前一晚花幾個鐘頭去襯衫，然後第二朝早起化個靚妝，用一個「戰鬥 MODE」去追星，希望今晚在「零機率」入面得到 0.00000001％的好運⋯⋯

活動晚上 8 時舉行，我下課後就要即時飛奔去現場，幸好學校跟 SIAM 只是距離十分鐘的車程，輕鬆！我一行入課室，同學及老師見到我比平時打扮得非比尋常，第一句都是問「KIM，你今天有約會嗎」、「不是，我要去見 P' SUN」，大家聽到之後反應比我還要開心，可能是因為他們都知道我等了這天很久，老師還很窩心提我記得要用泰文跟 P' SUN 做自我介紹，學以致用。記得以前自己同朋友或長輩講去追星，大家反應都很平淡，有人更覺得是浪費時間，但這班同學就很鼓舞，突然覺得在泰國很溫暖！

泰國粉絲超有同理心

重要時刻終於來到，下課後我以九秒九的速度飛去目的地 SIAM PARAGON，人生路不熟去到都要摸東摸西才找到活動舉行地就在七樓戲院那層！一出軑門，見到大堆粉絲已經逼爆戲院大堂，我唯有硬住頭皮用英文跟應援燈牌附近一位女粉絲打招呼：「你好啊，我是香港粉絲，想問這邊是 P' SUN 的粉絲團嗎？」她笑笑口點頭，我再問「我可以 JOIN 嗎？」她擰轉頭跟一個疑似是粉絲會長的女生說了一句話，然後那個「會長」用手勢示意叫我走入去，那個女粉絲就拉住我的手一齊走入去。

在等待期間我發現泰國粉絲大多很友善及隨和，比起以前追星個個都爭住要霸前方位置，她們會體諒粉絲，如果見到後排有人比自己矮少，會主動請對方站在自己前面，好讓對方可以見到偶像，又或者有「追星樓」的人又會主動走到最後排避免擋住其他粉絲視線，這個追星文化令我有少少驚訝，是因為佛教國家所以比較會分享及有同理心吧？！

終於不用再 P 圖

等了兩個多小時，終於見到 P' SUN！啊～～～回想上個月我還是隔住個芒看他，今天竟然可以一齊處於同一個空間，親眼見到他真人，有點想哭。雖然如同預期一樣我們距離有點遠，但可以見到 P' SUN，我已經好滿足了！P' SUN 進戲院之後，我留下跟其他粉絲聊天，那位會說英文的粉絲突然問我：「你趕住回家嗎？」我本以為她是想邀請我跟其他粉絲一起去

食晚飯，所以就擰頭「MAI KHA（不是啊）」怎料她居然跟我說等多一會 P' SUN 會出來跟粉絲見面！！！「吓！P' SUN 出來跟我們見面？」我當下直接被 SHOCK 到：「泰星都這麼 NICE 嗎？」以前追韓星，根本不會有這種「福利」，我簡直不能相信！

正當我手心出汗的等 P' SUN 出來時，那位貌似是會長的人突然做手勢示意粉絲們走去會場側邊一個較隱閉的位置，而我就跟大隊前行。一轉個彎，P' SUN 就站在樓梯上面，跟我相隔大約 3 米左右的距離，「OMG，真的是 P' SUN」我……呆住了。突然間「會長」在人群堆呼叫我的名字，更揮手示意叫我走前，「我是在發夢嗎？」愈行愈近直至走到 P' SUN 面前，「會長」跟 P' SUN 介紹我是為了他走來學泰文的香港粉絲，另外幾位粉絲都很情熱叫我跟 P' SUN 合照。我完全忘了老師叫我記得用泰文做自我介紹，P' SUN 用一個勁 NICE 的笑容回應我：「KIM ！HONG KONG ！WELCOME TO THAILAND ！」然後就搭住我膊頭準備合照，我真的跟 P' SUN 合照，不用再 P 圖了！

當晚我直接笑住抱住合照入睡，到翌日醒來，更可怕的是收到 IG 通知 P' SUN 點讚了我們的合照！！！我的天，泰星的貼地及親民程度遠超出我想像！看著合照，我跟自己承諾一定要用 10 倍努力去學泰文，下次見 P' SUN 要用泰文跟他對話！

我跟 P' SUN 的故事

誰來讚好

sunny_suwanmet... ✓
Sunny Suwanmethano...

追蹤中

第二日見到P' SUN在我IG貼讚了我們的合照

2.4

一個人跟陌生人去外府

雖然說是裸辭去泰國生活，但好彩有時都會接到 FREELANCE 寫稿，幫補少少生活費。當時我就為幾間傳媒撰寫泰國旅遊稿，介紹下泰國語言學校、寺廟文化及新興餐廳等，有次採訪 SIAM CENTER 一家 POP UP 主題餐廳時，就遇到一位特別投契的 PR。記得那天我是一個人去拍攝，她對我特別照顧，又主動做「手模」方便我拍攝，又用英文介紹每種食物的製作方式及材料，「泰國真的連 PR 都很 NICE」。

拍攝初體驗

拍攝完畢我坐下來跟她聊天，突然她問起我有沒有興趣今個周末跟她一起去泰國莊他武里府兩天一夜旅程，剛好她會帶幾位外國 BLOGGER 體驗文化，覺得我難得來到也可以參與其中，我聽到想也不想就「DAI KHA（可以啊）！」回家跟爸爸媽媽講起，他們又頭痛了：「你識人第一日周末就跟陌生人去外府？又沒有相熟朋友同行，你出事怎麼搞？你去哪邊要做甚麼？」又是啊，我當刻完全沒想過對方會不會騙我、會不會賣我豬仔？應該說我過分單純還是過分相信別人呢，我當刻只感恩她的好意（哈）。

> 背景介紹一下先：莊他武里府（CHANTHABURI）是泰國東部府份，亦被稱為尖竹汶府，距離曼谷大約4小時車程，跟柬埔寨接壤，水果和寶石是莊他武里府的特產哦！

48

好了！正如我當時衝來泰國一樣，即使爸爸媽媽擔心，我還是照計劃拿著旅行袋出發！到達集合點，那位 PR 如常很熱情的歡迎我，再向我介紹同車的泰籍港裔女生、泰國女生及新加坡女生，然後我們就坐上小型旅行車展開「我不知道到底會被帶去哪裡」的兩天一夜神秘莊他武里府之旅！

哎呀！我的屁股好痛

聊著聊著就到了目的地，在記憶入面莊他武里府應該是第四個我去過的泰國外府，多年前曾經跟爸爸媽媽去過大城、清邁，之前亦有跟台灣朋友去過華欣！下車後，第一個見到的畫面是一條小河、一條石橋、一排木屋，一個跟香港大澳差不多的寧靜小村莊。過了石橋，我們先走入一條老街。雖然當天是周末，但人不多，不像曼谷，這裡沒有電單車、篤篤車、的士在飛馳，亦沒有拿著一袋二袋戰利品的旅客，眼見的都只是當地人。一路上有幾家似士多的店舖、賣著本土裝飾小物的小店、帶有少少中國風的咖啡店、小寺廟等，街上亦有賣著地道飲品及泰式甜點小食的手推車，其中有一檔賣著很精緻的花花水晶蛋糕，令我忍不住拍照。

PR 先帶我們去一家近河餐廳醫肚，之後正式開始第一個體驗活動－坐摩托拉車去參觀蜂場！記得當我見到那架泊在泥地上、由電單車加農車組成的代步工具時，第一個反應是「嘩！真的可以坐上去嗎？」以前看

電影見到演員坐這種拉車，畫面都是很瀟灑地望住前方目的地，然後吹住自然風！今次竟然可以親身落場體驗「我也要有那種畫面」，上車時我還帶住一個興奮無比的心情跟車手叔叔笑了一下，可惜當他啟動電單車引擎開始，我就確信「電影世界永遠跟現實生活有一段距離」。整個凳來凳去的車程我留低的畫面只得「差點飛落車」、「驚慌尖叫」、「泥水彈面」、「屁股好～～～痛啊！」以及中途架車卡在泥漿入面要落車幫手推車，很戲劇化！雖然畫面不美觀又搞笑，但人生的確需要這些刺激感！

見到我笑得這麼開心，就知我有多興奮，但屁股坐到好痛啊！

我吃過最浪漫的早餐

體驗完驚魂飛車，是時候回民宿休息，我帶住疲倦身軀上了旅遊巴，殊不知當到達抬頭望見民宿，我整個人瞬間醒晒「痴線！泰國原來有這種地方！」民宿是一間三層高的大木屋，四周被綠油油的大樹包圍，一樓有個露天休息平台，拉開玻璃門就是室內大廳，二、三樓分別是睡房區。房間主要以木為主，牆身有一盞黃色燈，窗口掛住一塊白色紗窗簾，就像小時候童話書中小女孩所住的溫馨小房，望住床邊的窗口，我又開始期待明天一早被陽光照醒的畫面！房間已經夠夢幻，外面才是真正的天堂！從大木屋走出幾步，有另一個用木搭建出來的休息空間，望出去正正是一條大溪間！因為我們入住時已經入黑，要等明天一早才看得到溪間真正的模樣，但坐在掛滿小黃燈泡的休息空間，聽住溪水流動及響亮的蟬聲，我真想直接就睡在這裡，讓大自然 幫我好好叉電。

有些經驗不是人人可以擁有

睡醒一覺，雖然沒有被陽光照醒，但就有一個簡單而豐盛的早餐等著我，是傳統的泰式早餐 Kai Kra Ta！平底鍋上面有兩隻煎蛋、臘腸、肉碎、煙肉，再多一個長餐包，同團的另一位泰國攝影朋友教我可以加胡椒粉及美極醬，果然更加惹味！當其他團友仔已經吃完離座，我還施施然咬一啖麵包、飲一啖咖啡、聽下早晨的流水聲，如果説豆腐火腩飯是男人的浪漫，那這個 Kai Kra Ta 一定是我的浪漫。

可以望住條小溪食泰式早餐Kai Kra Ta，我感受到幸福

來到莊他武里府之旅最後三個行程：先去感受下大瀑布的宏偉及涼快，再漫步紅樹林踩上木製觀景台欣賞莊他武里府全景，最後上山丘欣賞日落之美，很豐富！ 想像不到如果我拒絕了這次邀請，我這一生人會來莊他武里府旅行嗎？即使來了，又會住入那家景色超級一流的民宿，可以對住溪景享受泰式早餐嗎？會有機會體驗到搞笑的泥濘推車嗎？應該不會。

回想當初如果我拒絕了PR，我就不會有機會見到這麼美的景色

OMG這家民宿真的美很太過分！第一晚我就看著這個景發呆

一個人回港做訪問

好記得我還是「豆丁」的時候，媽媽有好幾次跟親戚及朋友聊天時都會講我「傻人有傻福」。當時只得幾歲人仔的我，根本不知道所謂的「傻福」是甚麼，只知道每日生活沒煩惱，吃、玩、睡又一天。

傻人有傻福

最初決定來泰國讀書，是因為工作去到樽頸，加上想跟 P' SUN 呼吸同一個天空下的空氣，就盲舂舂一個人衝過來。就在我去泰國生活第二個月，我在上課途中突然收到香港傳媒朋友的 WHATSAPP「導演跟 P' SUN 會來香港宣傳新戲，想找你幫忙做個訪問節目」，當下我拿住手機整個人完全僵硬了「吓？P' SUN？去香港？由我訪問？」

以前我看 P' SUN 的訪問影片，都曾經幻想過如果自己有日可以像泰國主持人一樣，坐在 P' SUN 對面，用英文或泰文跟他聊天訪問一定很美好。但正如我前面有提過，早年泰星在香港沒有很高關注度，除非像《出貓特攻隊》NONKUL 那種紅爆全球的話題性藝人及電影，有一定的點擊率保證，否則沒有太多傳媒會主動做泰星訪問！所以當我知道自己今次竟然有機會在香港訪問 P' SUN，「這件事太瘋狂～」真的像發夢一樣。

一定要做足準備

「我一定要在 P' SUN 面前表現專業一面！」定了這個目標之後我就開

始著手做資料搜集,準備訪問問題!除了決定入戲院看第三次套戲之外,亦看了其他《大佬可以退貨嗎》的泰國訪問影片,用自己最大的聆聽能力了解更多幕後製作的搞笑故事。最重要的是,練習如何心靜如水,確保自己見到 P' SUN 都要在鏡頭前保持冷靜。

轉眼間我過兩天就要回港為訪問做準備,不過回港之前剛巧 P' SUN 有活動,我就把握機會去見他!當天我沒有跟他及其他粉絲朋友透露自己回港訪問他,因為想給他一個驚喜,拍完照我笑笑口對他說一句「JER GUN TEE HONG KONG NA KHA(香港見嚕〜)」然後他親切回應「香港見」,我真的很好奇到底 P' SUN 在香港的訪問房間見到我會有甚麼反應!

P' SUN:「為甚麼你會在這裡!」

雖然不是第一次做節目主持人,但因為今次受訪者是 P' SUN,我由訪問前一晚直到踏入訪問房間都一直在背問題及練開場白,手掌更加一直出汗,對於十幾分鐘後 P' SUN 就會進來坐在我旁邊的長梳化凳,我緊張到有點想嘔!攝影機及節目導演準備好後,我先預錄一個開場白,太緊張的關係,TAKE 1 不完美要再來多 TAKE,然後正當我在拍 TAKE 2 時,我聽到開門的聲音,然後有人一直走近,P' SUN 笑笑口指住我「為甚麼你會在這裡」,因為之前在一個活動上有跟導演聊過一次,他見到我亦很驚訝,我們三個就如同他鄉遇故知一樣一邊聊一邊就座,就連在場攝影師及節目導演都忍不住說:「嘩,你們這麼老友!」

不能用金錢衡量的幸福感

最後完成訪問，P' SUN 跟導演很 NICE 地送上一句「TAM DEE MAK（做得好）」，又問我甚麼時候回泰國、泰文學成怎樣等，離開之前更留下一句「那我們泰國見喇！」雖然整個訪問只得半小時，但我已經如同得到全世界一樣非常幸福。回家途中看著我跟 P' SUN 訪問後的合照，我真心同意媽媽的說法，我真是「傻人有傻福」！當年喜歡 P' SUN，在香港打工中的我一直隔住螢光幕祈求有日可以見到他真人；到去到泰國第一次一個人追活動，識到一班泰國粉絲朋友，更突然有機會近距離見到 P' SUN 跟他聊天合照；再有次追泰國謝票場，在現場幾百位粉絲中被抽中下台跟 P' SUN 玩遊戲，從他手上得到電影限量 T－SHIRT；再到今次有機會訪問到 P' SUN！以上所有「福氣」在其他人眼中可能是不值一提的「追星族」無聊事，但對我來說是人生裡有錢都可能買不到的幸福！

每個人對「幸福」
的定義都不一樣，
最重要是甚麼令你開心，
那就是你的幸福。

P' SUN見到我的第一下真的很驚訝,其實我對於自己坐在主持位都覺得好神奇。

2.6

一個人面對「雙失」低潮

經常説「人生如戲」，當我以為韓劇女主角才會擁有高潮迭起的戲劇性人生時，我的泰國生活亦突然由多姿多彩的「熱戀期」一下子變成灰暗的「低潮期」。

翻回第一章，我提過來泰國讀書時在香港有個拍了一年拖的男朋友。他很鼓勵我去泰國讀書，認為去追尋夢想是件好事！不過他從頭到尾都表現得很放心，亦沒有講過半句叫我留下，「難道不擔心我會識泰仔？」當時他用「互相信任」來回應。嘩！明明他年紀比我小，但比我淡定！好吧，那就試下「異地戀」。出發前他亦承諾會來曼谷找我，叫我學好泰文到時帶他周圍玩。

我們的生活模式變了

我承認是個蠻黐身的女朋友，習慣每天傾電話或視像，平日吃了甚麼買了甚麼、遇到好人壞事等都想第一時間告訴他，他亦會向我呻工作煩惱、朋友之間的白痴事等。頭三個月沒有大問題，直到他的工作開始變忙，加上要返夜班，我們的生活模式改變了。當我起身返學，他下班回家；我下課，他在睡覺；到我準備睡覺，他就出門上班。我們可以聊天的時間變得愈來愈少，有時他有私人時間就只會用 WHATSAPP 對話。

由於我在泰國有太多空閒時間，每天只上三個小時課，即使會跟同學去

玩、去追星,但獨處時間依然很多,所以習慣性會找男朋友聊天。可惜他的生活變得很忙很累,需要時間休息,慢慢我因為大家溝通時間少了而對他發脾氣,關係開始變差,最後他提出要「冷靜一個月」不聯絡大家。

還是分手吧……

冷靜期頭一星期我仍在鬧脾氣「就等你主動找我」,但日子一日一日地過,他的 WHATSAPP 沒有出現過,我開始擔心亦傷心,嘗試每天都找些活動去分散注意,希望一個月時間快點過,又密集式更新社交平台看看他有沒有查看。終於冷靜期過了,我們在一個月後進行第一次通電,他最終開口提出「我們還是分手吧!」

在冷靜期間,其實我亦收到香港朋友通知,因為公司要減少支出,不再需要 FREELANCE 打稿,即是我「失業」了!正當我在苦惱沒了生活費支援,在計數「咬長糧」可以在泰國生活多久時,突然再承受多個「被分手」,我不行了,那晚是我來到曼谷第一次情緒崩潰,亦是第一次後悔來了泰國。對於「雙失」,我完全沒有實感,隔日起床看電話慣常等待收到他的訊息「我下班了」,但沒有。走入廁所,回想通電內容,我再次爆喊,一喊就十幾分鐘。心累到不想上課,但擔心跟不上進度及出席率,只好換衫出門。那堂老師究竟教了甚麼,我一句都聽不入耳,下課後我沒有如常跟幾位台灣朋友去吃飯,選擇直接回家。

天空不需要每天都漂亮

那次朋友帶了我去象島散心，我還嘗試了人生第一次撐獨木舟及潛水

以前，如果遇到挫折或崩潰的事，我會第一時間找要好的朋友或者爸爸媽媽傾訴，但今次異常冷靜，沒有跟任何人提過一句，即使跟爸爸媽媽聊天亦繼續扮沒事發生，記得有次跟婆婆視像，她問起男朋友甚麼時候來找我時，我還笑笑口「不知道啊」，但收線後直接崩潰。是因為覺得「路是自己選擇的，有甚麼自己承受」，加上講了白令爸爸媽媽擔心，講了亦無法令男朋友回心轉意，所以自己處理是我覺得最好的決定。

感謝我的「樹窿」朋友

最初以為自己只會沉澱一、兩個星期，但最後一個月我也無法走出谷底。拒絕所有朋友約會邀請，每天下課就困自己在家，不停後悔及自責：「當初如果沒有來泰國，我們應該不會分手」，更加有想放棄讀書回香港的念頭，總之不想再自己一個在外地。崩潰兩個月，除了學業受影響，容貌亦因為心理狀態變差了。我一直隱藏情緒，直到有次在學校遇到一位很久沒見的朋友，她一眼就看出我有事，當她問我：「你分手了嗎？」我當堂在學校爆喊。

那位朋友帶我去了一家咖啡店，她知道不可能幫我修補感情，亦幫不了我走出低潮，最多能做「樹窿」給我一個發洩空間，或者帶我去散心，所以連續兩個周末她都相約我去其他外府短遊，一齊去潛水、撐獨木舟、上山住草木屋、看夜空等，讓我暫時忘記不開心的事。我很感謝這位朋

友的耐性及陪伴，亦提醒了我，其實由始至終在泰國我根本不是自己一個，身邊很多朋友都在關心我，只等我主動講出來。

釋懷

雖然這件事已經過了六年，但一路寫一路回憶時也偷偷在咖啡廳流了兩滴眼淚。其實當一個人失意，會先向壞方向想、覺得天塌下來一樣，但只要過到關，又會變回一條好漢。記得我曾經在曼谷展覽上看過一個書法藝術家一句說話：「天空不需要每天都漂亮。」

人生，我們不可能一直過得平靜，總會突如其來遇上迷惘、無助的時候。路是自己選擇的，只要相信自己可以繼續走下去，就可以行出另一條美麗新花路！而我覺得雨後天晴的天空永遠都是最漂亮的！

謝謝曾經有在我「雙失」低潮扶持我的朋友，亦謝謝自己，沒有放棄

2.7

一個人坐 14 個鐘火車去清邁（上）

出發去泰國讀書之前，我其實還有一個願望，就是要在年底去一次「清邁萬人天燈節」。記得我在香港打工時，曾經見到一個馬來西亞朋友在 FACEBOOK 轉載一篇關於「死前必去的全球節慶」的文章，「清邁萬人天燈節」正正是其中一個。當時坐在公司趕稿的我，看著文章入面的相片，心底裡默默問了自己一句「死前我都可以去到這些節慶嗎？」然後幾年後，我就背住背包踏上由曼谷開往清邁的火車：「我也可以啊！」

除了大家都知道的四月潑水節，泰國還有第二大節日，就是於每年佛曆 12 月 15 日月圓之夜舉行的水燈節，根據佛曆一般在西曆 11 月左右，但每年的日子都不一樣。當日泰國各地都會放水燈慶祝，祈求過去一年的厄運可以隨河水流走，新一年順風順水，而天燈節就屬泰北的地區域性節慶！成千上萬當地人及遊客會在晚上一同放天燈祈求平安幸運，有指情侶一齊放的話更可得到神明保佑甜蜜長久，所以天燈節亦被譽為「最浪漫泰國節慶」。

放天燈太貴，我放棄了

出發前三個月，我一直等待泰國政府旅遊局宣佈水燈節舉行的日子，最後落實為 11 月 22 日！自從天燈節成為大型節慶後，每年都有很多來自世界各地的遊客爭住參加，當中有分為官方舉辦放天燈活動及民間組織自組活動：官方舉辦的就統一活動收費及有指定舉行地點；而民

間組織就自設舉行場地，有收費的亦有免費的。我記得當年官方包市
內交通接送的 VIP 門票為 6000 泰銖，大約 1500 港元，因為當時沒了
FREELANCE 收入，我想盡量將清邁旅行支出減到最低，最後決定放棄
官方活動，找便宜一點的民間放天燈活動來參加！

除了萬人天燈節令我未出發先興奮，今次清邁之旅另一亮點是可以體驗
坐 14 小時火車！相信一般人聽到，第一個反應都跟我爸爸媽媽、同學及
泰國朋友仔一樣「為甚麼不坐飛機？」、「不危險嗎？」我有泰國朋友
更說自己在曼谷生活這麼多年都沒試過坐火車去清邁！其實曼谷有直航
機去清邁，大約一個小時就到達，機票亦沒有很貴，1000 港元左右，不
過「我就是要體驗坐通宵火車」！人生流流長，甚麼都要嘗試一下！不
過雖然說是「體驗」，但我也沒有勇氣去到最極限選擇坐足一程木凳、
來回 800 多泰銖的最便宜「風扇坐位車廂」，因為沒冷氣我真的活不了，
寧願付多一倍價錢買可以有床位睡覺的「頭等冷氣房臥舖車廂」，讓自
己舒舒服服地展開一星期清邁火車之旅。

與小強同眠

今次是我第一次在泰國坐火車，出發前有在網上看過火車車身及內籠的
相片，約略知道是甚麼模樣，正當我帶住一半興奮一半緊張的心情前往
Hua Lamphong 火車站想著：「臥舖火車的真身是怎樣的呢」，行到站
口一架貌似哈利波特世界的紅色舊火車就在我眼前，火車站人員見我很

迷惘地拿著車票找車廂，很友善地指示我直走再大叫「是這卡」揮手示意我上車。踏入車廂的第一下，「嘩！真的一模一樣！」如同網上所見，「頭等級別」的車廂設施明顯有點殘舊、空間沒有很寬敞、走廊兩邊的單人座位皮凳有少少裂紋、頭頂有牛角扇、沒有充電位及 WIFI，而且擺放行李的位置亦只有凳邊及頭頂上高的小鐵架，但就勝在超有地道風味，「人生就是要有過一次這種體驗！」

原本以為坐 14 小時火車會很漫長、很難度過，但原來下午一時多上車，沿途看下風景、聽下歌看書、跟旁邊的外國乘客閒聊，又幫襯下中途上車兜售小食的泰國姨姨叔叔，轉眼間車外風景已經變黑，亦到了我最期待的「開床時刻」！由上車開始我已經望住頭頂的床架及我的座位，思考住「到底如何變成兩張床呢？」職員哥哥用三分鐘時間解開我的「謎團」：他先收起我們的餐台，將下面兩張座椅合拼成一張床，然後再將頭頂的床架拉下，鋪好床單及被鋪，上下架床就此誕生！如同萬人天燈節一樣，這個砌床畫面人生一定要親眼看一次。

是我人生第一次在泰國坐火車，一坐就坐了14個鐘

「頭等級別」車廂！好地道啊

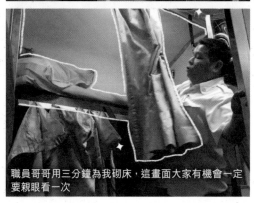
職員哥哥用三分鐘為我砌床，這畫面大家有機會一定
要親眼看一次

一個人去萬人天燈節（下）

還記得之前說過我經常「傻人有傻福」吧？對啊，去到清邁我又傻更更地遇到好心當地人，幫我完成「參加萬人天燈節」這個願望。

清晨時分民宿摸門釘

前面提到因為官方放天燈活動門票太貴的關係，我決定改計劃找民間自組的放天燈團參加。但搞笑是，民間自組團原來沒有想象中易找，我曾經在 FACEBOOK 找到幾個看似是「一日天燈團」的帖子，但打電話查詢時有點雞同鴨講，而且問過泰國朋友意見他們亦不能確保可靠性，所以去到坐火車當日我都未找到可以的參加放天燈活動，唯有抱住「見步行步」兼半放棄的心情出發。

在清晨 5 點到達清邁火車站時，我的精神及體力只剩餘 30%，我決定先坐雙條車去民宿好好睡一覺，差足電再向民宿主人或當地人探問明天天燈團的路。沒想到！當我去到民宿門口，發現大門竟然鎖！上！了！我隔住玻璃望入黑媽媽的接待大廳，再看多次自己的訂單內容：「入住日期 11 月 21 日，沒有錯啊！」站在民宿門口接近 20 分鐘的我開始慌失失，「難道我要坐在門口坐到 10 點開門」。屋主哥哥終於在兩分鐘後從二樓下來開門給我，見到半夢半醒的他我有點抱歉。「溫暖的床，我來了～」

天燈團原來近在眼前

今次清邁之旅主要目的是萬人天燈節，其他行程活動都隨心而行。走到一樓大廳時我見到屋主哥哥在接待處，對自己今朝懵懂的行為帶著半點歉意，我向他送上一個尷尬的微笑就去沖咖啡。我們閒聊了幾句之後，他到餐桌跟我坐下聊天。我提到今次來清邁主要是想參加萬人天燈節，但因為官方門票太貴的關係放棄了，打算找一下其他民間放天燈團，就在我說完之際，哥哥就提出「我們明天會有一個放天燈團啊，你要參加嗎？」我即時雙眼發光：「是甚麼運氣！原來天燈團遠在天邊近在眼前！」

哥哥指原來近年都有跟一個雙條車司機叔叔合作，帶住客去參加天燈節，但去的地方沒有官方場地這麼大，都是個小型場地給大家感受一下天燈節氣氛。最暖心是他們都沒有收甚麼團費、入場費，只是參加者平分車費給司機叔叔就好，亦可選擇性給叔叔「貼士」，換句話愈多人參加就愈便宜，我記得當晚包括我有八個人同行，加上貼士才 1000 多泰銖！

目標達到後，當日剩餘的時間我途步到舊城區看看寺廟及其他慶祝水燈節的活動。當日舊城區有很多地方都掛上彩色的許願燈籠，有粉紅色、藍色很浪漫，而且很多當地人都入寺祈福，見到身邊所有人一家大小出動，孤單一人的我又再次念掛爸爸媽媽。

我最期待的萬人天燈節節終於來到！朝早我先去嘆一件無花果合桃竹炭麵包，再慢步去到舊城區參觀並打卡清邁六大寺廟中最為著名、最大的

柴迪隆寺（Wat Chedi Luang），差不多出發時間我就回民宿跟其他團友集合，等候雙條車叔叔！我們一行八人，坐在雙條車搖搖晃晃地出發。途中一位外籍男生用英文問一個華人男生知不知道目的地在哪，他說只知離我們民宿大約一個小時車程，是一個學校後面的小草地。我繼續觀賞外面，安心地由叔叔車我們去目的地！

下年要好好地過

正當我以為自己在去放天燈時，叔叔將車停泊在一個河邊示意我們下車！我望勻四周都看不到途人拿著天燈，反而有不少售賣水燈的路邊檔，於是我用泰文問叔叔「我們在這邊放天燈嗎」，原來叔叔先帶我們來體驗放水燈，再去放天燈！以前只在網上面看過水燈的相片，今次見到真身都覺得很新奇。每檔出售的水燈都不一樣，一般都是用芭蕉葉托底，然後用不同種類的花層層疊高，中間插上一支蠟燭及香，而價錢就隨水燈大小而定，大約 80 泰銖至 200 泰銖，我入鄉隨俗買了一個放河。放燈一刻，叔叔叫我記得許願！回想自己過去幾個月都陷入低潮期，望住水燈在河中漂浮我只希望「下年要好好地過」。

在河邊玩了半小時左右，終於來到戲肉！我們來到一個草地，旁邊亦停泊了很多雙條車，應該是當地人才知道的「天燈秘密基地」。抬頭我已經見到有幾個天燈升在半空中，然後隨叔叔指引再行近一點，一大片草地已經企滿人，漆黑中只見眼前有成千上萬點著了的天燈及聽到很多不同國家

的語言，幾年前我在電腦看到的放天燈相片，今日就活現眼前，「媽！我真的來了天燈節」，震撼程度，真的是死前一定要親身體驗一次！

解鎖人生願望

叔叔向我們每個人派一個白色紙天燈，因為不太會英文，他都很用心地以身體語言來示範，教我們怎樣做，而在泰國放天燈跟以前去台灣九份放天燈不一樣，我們不用在天燈上面寫下願望，只要在點火時一路許願，然後將天燈放上天就可以！望住眼前的畫面、望住身旁的叔叔，我依然未相信自己曾經夢寐以求想體驗的萬人天燈節，今天我就是參加者之一，雖然不是官方活動，但我很滿足。

突然想起泰國歌手 JEFF SATUR 的一首歌曲《Loop》，泰文歌名為「今天是明天的昨天」，大致想表達我們經常會說「明天吧，等明天再做」，但「明天」是不存在的，明天跟今天都一樣，今天不做明天也可能原地踏步！我很感恩自己今次堅持願望，完成「坐 14 個鐘頭火車體驗清邁萬人天燈節之旅」。

我住的是一間八人女生共享房間，大約500泰銖一晚！

民宿附近有家叫做 Flour Flour Slice 的小型 CAFE，那個無花果包超級好吃

趁有時間我去了舊城區八卦一下水燈節的活動

在放水燈一刻。我只希望「下年要好好地過」

一個人遇上嚴重車禍

我在泰國生活讀書時有一個很要好的泰妹朋友,我們在 P' SUN 一個活動上相遇,然後在她主動開口用中文問我「你來自甚麼國家?」後結識。自此她每日都會出現在我的 LINE 訊息箱頂部,幾乎每個六、日我們都會見面,她更將我拉入她的好友圈,我們糖黐豆的程度是她見過我屋企人,我亦跟她爸爸媽媽視像過,所以她身邊很多朋友都曾經多次懷疑我們「PEN FAEN GUN LOR(你們是情侶嗎?)」,澄清一下:我們是一起入廟求男友的老友關係哦!

武里南府通宵自駕遊出發

泰妹本身是武里南府人,即是韓國 BLACKPINK LISA 的同鄉,但為了賺錢大學畢業之後跟幾個青梅竹馬的好朋友一起來到曼谷工作,而曼谷有很多年青人其實也為了賺錢而離鄉別井來工作,所以每逢大時大節他們都會回鄉探屋企人,順帶休息。記得 2018 年 12 月初,泰妹一早就問定我有沒有空,她想帶我回去武里南府見她的父母,順便周圍遊玩及倒數迎接 2019 年。因為今次是我第一次在泰國倒數,亦是我第一次去武里南府,而爸爸媽媽因為已經見過泰妹幾次,所以都好放心我跟她去。

因為泰妹跟她另外三個朋友想把握時間早點回家見屋企人,以及避開日頭大塞車,而且由曼谷去武里南府是需要揸約 10 小時車的關係,她們決

定 28 號夜晚一放工，快吃個晚餐就直接揸通宵車回家。當晚出發時已經大約 11 時，我們五個女生由出發開始基本上沒有安靜過，又開玩笑、又聊八卦、又唱歌，去到第一個大型休息站時，已經是凌晨二時多，如是者到了第二個休息站時天都差不多亮，清晨五時多的天空粉紅粉藍色很美，加上是 12 月的關係，天氣帶點涼意，「泰國自駕遊原來也蠻爽的」。

我們炒車了

不知何時開始，坐在後排的我入睡了，睡之前最後的畫面就是在休息站見到的天空，半醒來的時候我們的車已經不停左搖右擺及急速向下衝，我的頭撞向前面的椅背及玻璃窗，所有人都在驚恐大叫，不知所措，整架車更開始霧出大量白煙，令我們根本看不到前面是甚麼狀況，當我以為這一幕就是我人生最後一幕畫面時，車停下來了。我在崩潰的狀態下除下安全帶，拉住泰妹頭暈暈地推開車門落車，其他朋友亦慢慢出現。甫出車我見到我們的車已撞落大馬路旁邊的草地，車頭撞到嚴重損毀，玻璃裂開，車門凹陷，車尾箱亦打開，很多雜物被拋到草地上，這個畫面令我一秒清醒，「我們炒車了」！

我們在互相確認傷勢時，泰妹一面驚慌地指住我塊面「PHI KIM 你的眼睛跟額頭流血了」！可能已經被嚇到魂飛魄散，我完全沒有感覺到自己在流血，只覺得頭暈及有點痛。很快就有兩架救護車到達，醫護人員詢

問我們傷勢，在被送往醫院途中，泰妹一直很擔心問醫護人員我的傷口嚴重程度，又一直道歉。雖然我表面上跟泰妹講「沒事，沒事」，但被電視劇影響太深的我，心底裡擔心自己會不會像劇集主角一樣撞到腦震盪，最後腦袋留有殘影而離世（真的不要看太多劇）。

第一次跟泰妹回鄉就遇上車禍，當刻真的想過就此「拜拜」

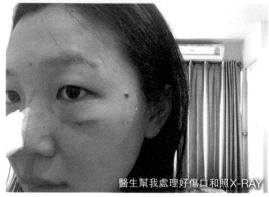

醫生幫我處理好傷口和照 X-RAY

媽媽：回來吧！不要讀了！

到達醫院後，當泰妹屋企人都已經趕到來時，我才醒覺自己未告知爸爸媽媽我出意外了，但同一時間又怕如果通知他們，他們會擔心到鼻哥窿冇肉，所以決定等到自己沒事離開醫院才打電話給他們。

醫生幫我做了一個簡單 X-RAY 檢查，確定我腦部沒有受到任何大撞擊，一切正常，幫我處理好眼及額頭的傷口後，我們就離開醫院。一出醫院，我先吸一口氣才打給媽媽，媽媽接電話時還平心靜氣地問「到了泰妹鄉下了嗎？」，我口窒窒回應「媽咪，我們撞車了……」她的語氣瞬間由原本好冷靜變得很心急，一輪嘴問了大堆問題，又跟爸爸講我出事了，這完全是我預想得到的結果，但我很理解她的擔憂。她最後更拋下一句：「回來吧！不要讀泰文了，你有事我們照顧不到你」。

其實由我一決定要來泰國，媽媽已講明不想我一個女生再次獨自離開香港，雖然我過兩年就 30 歲，但「養兒 100 歲長憂 99」，這半年間我確實令爸爸媽媽擔憂過無數次，回想起來都覺得自己很衰女。可惜的是，我的衰女性格依舊。當「處理」好媽媽的不安之後，下一秒就接到哥哥從加拿大打過來「發生甚麼事？有沒有事……」同一堆問題，同一樣的回覆，哥哥最後同樣叫我「考慮回香港吧」。這次我只講了一聲「嗯」，因為我真的不想，也不會放棄餘下的泰文課程。

寧可信其有

車禍發生翌日，泰妹的爸爸為我們準備早餐後，就帶我們去到附近的寺廟為今次意外祈福。廟入面有一位僧人，叔叔帶我跟泰妹去到僧人前面坐下，然後僧人為我們唸經、灑水，最後更為我們帶上一條白色手繩。原來泰國人有個信念，如果發生意外或不好的事被嚇到魂飛魄散，最好入廟拜拜，白色手繩是幫助「叫返個魂魄回體」以及祝福。泰妹亦有提到泰國人都有一個傳說，就是每到 25 歲都有可能遇到「大事」，剛巧揸車的泰妹早三個月前才踏入 25 歲，真的是「寧可信其有，不可信其無」。

這條白色手繩「叫返個魂魄回體」及祝福的意思。

正所謂拜得神多自有神庇佑，意外後，泰妹爸爸就帶我入廟祈福。

2.9

一個人做翻譯工作

「學泰文回來香港有甚麼用？」如果你在 2018 年初問我，我會答你「我也不知道啊！」但一年後你再問我同一條問題，我會答：「令我得到人生第一個泰國紀錄片映後 Q&A 翻譯工作的機會」，算是我踏入泰文翻譯的第一步。

收到人生首個翻譯邀請

一直都用觀眾視角去看翻譯員的我，沒想到在讀完泰文回港第三個月，即是 2019 年 5 月，竟然有機會收到香港真實影像協會的工作邀請，為泰國紀錄片《空洞的時間》映後導演 Q&A 環節擔任翻譯！

今次是我第一次做翻譯，既緊張又興奮，不奢求要做到 100 分完美，只要沒有任何大出錯、不要口窒窒就當自己過關。電影會舉行前一個星期，除了先翻譯好大會事先為導演準備的問題，每天放工回家我都煲一次紀錄片，盡量記低情節及對白、筆錄一些重要詞彙，做定功課確保導演及觀眾一講就即時聯想到，亦嘗試估下觀眾大約會問甚麼問題（感恩自己做記者 SET 問題有少少經驗）。

多得泰國導演一直在場外跟我聊天才令我放鬆一點，入場之前他更叫我SABAI SABAI

泰國導演：「SABAI SABAI」

終於到了 D-DAY！當日提早去到活動場地的我在電影院外面等候導演時已經開始心跳加速，太緊張的關係我坐在一旁拿住筆記本揭來揭去，把握最後時間將所有詞彙入腦，又不停練習泰文以防到時開口夾著脷。導演突然從我背後出現：「KIM SAWATDEE KRUB（KIM 你好）」，我即時收好筆記本起身迎接他。他面帶微笑，看似非常輕鬆隨和，工作人員在一切準備好後帶住導演和我步入電影院，跟在導演身後的我一直跟自己講：「來了！打醒 12 分精神，不要口窒！」工作人員安排我站在台右側，再遞上一支咪，接咪當刻我手震。電影播放前，主持人先請導演跟觀眾打招呼及簡單分享感受，我集中聽住導演講的每個字，確保自己沒有聽漏，當他講完望向我示意可以翻譯時，我就自動拿起咪「導演話……BLA BLA BLA」，手有震但冇口窒，算過關！

電影開場後我跟導演到外面等候，導演在一張小圓枱坐下，再叫我坐下及主動跟我聊天。我們先由我學泰文開始，聊到我對電影的感受、香港跟泰國文化差異、他的香港行程，再去到他在製作電影時的小秘密等，雖然連同昨晚吃飯今次是我們第二次見面，但我們聊得很興起，一聊就已經一個小時，差點忘了是來工作，但全靠導演我的緊張感才開始減輕。入場之前，我再跟導演講解流程，然後工作人員跟我及導演示意：「可以準備入場喇！」站在門前，我大大力吸了一口氣，導演拍拍我的膊頭：「SABAI SABAI（輕鬆輕鬆）」，我微笑一下，上場了。

筆錄一堆「鬼畫符」

坐在電影院平地，望住在座近 100 位觀眾，「原來是這個視角！」我真的很緊張，但盡可能在人前不展露出尷尬神情，我一直保持微笑。主持人先向導演提問，我再翻譯，到導演開口時，我就立即以最快的手速進行筆錄，多得自己有多年採訪經驗，已經養成了一個筆錄技能，算是將導演所講的重點都記好。可能要高度集中聆聽及翻譯，我似乎忘記了緊張，坐在導演旁邊的我全程都在寫寫寫、講講講，直到最後主持人一句「我們來問最後一條問題」時，我才醒覺「到最後了」！不知不覺 60 分鐘的 Q&A 環節已經完成，在觀眾拍手一刻，我有種放下心頭大石的感覺，導演亦笑住向我送上一句：「做得好！」

坐車回家途中，我反思在電影會上有沒有出錯或做得不好的地方，最搞笑是當揭開筆記本時，我發現剛才的筆錄內容出現大堆「鬼畫符」，大概有一半是靠記憶力吧！望住筆錄內容，我不自覺笑了出來，感恩今日順利完成、感恩遇上一位超友善導演和主辦單位，亦感恩自己當初沒有否定自己能力而拒絕邀請，否則人生就沒了這個有趣的經驗。

2.10

一個人搞「泰花痴阿金」YOUTUBE

其實去泰國的時候,我曾經想過拍旅行 VLOG,紀錄自己在曼谷讀書的點滴及趣事,所以就的起心肝去開設了人生第一個 YOUTUBE 頻道「agirlandthailand」!當時我基本上沒有製作影片的經驗,對拍片、剪片、後期製作完全是零概念,純粹以自己看開的韓國及泰國 YOUTUBER 作為參考對象,然後上網學剪片技巧,到決定拍第一條影片時,就隨心用自己的方式及感覺去進行。

拍片似乎不適合我

我想了很久到底要拍甚麼作為頻道的「開幕影片」,剛巧有日台灣朋友相約我去曼谷 EKKAMAI 一間狗狗 CAFE,我決定用這個入手!事前我幻想了很多完美的畫像,希望拍出像其他 YOUTUBER 一樣有質感的旅遊影片,可惜幻想跟現實永遠有距離!雖然做過主持,面對過鏡頭,但在人群面前拿著相機自拍是另一回事,我在鏡頭前口窒窒不知要說甚麼,表現極生疏,尷尬到最後我決定剪走所有自己出鏡的畫面,公開一條毫無剪接可言、只得狗狗在 CAFE 跑來跑去配上輕鬆純音樂的兩分半鐘短影片。

去到第二次,我決定拍攝跟泰妹去 WANG LANG 市集一日遊!因為有泰妹一齊出鏡的關係,表現自然一點,最後影片不過三分鐘,我覺得拍片似乎不太適合自己,最後還是回到原有的 FACEBOOK 專頁,用文字及

相片作簡單分享，到之後遇上「低潮期」心情受到影響，更新愈來愈少，回想起來有點對當時 2000 多位專頁粉絲感到抱歉。

泰文髒話竟獲十萬點擊

回港後，我回復全職記者身份，沒有再刻意營運任何社交平台。直到有日躺在床上的我突發奇想「不如拍一條教大家講泰文髒話的影片」，於是立即準備講稿、化妝、架起腳架、開著相機「Hello 大家好，我是阿金」…… 可能上次做翻譯有面對人群的經驗，今次在鏡頭前面我表現得自然及大膽一點，將自己事先準備好的講稿順利完成，《agirlinthailand》頻道第一條長過三分鐘的影片終於誕生（其實都只得大約八分鐘長）！

不怕尷尬的話，讓大家看看我第一條YOUTUBE影片

原來沒有期望驚喜反而愈大，影片上架不到一星期，點擊率已經累積超過一萬，身邊朋友亦不斷傳來好評指影片搞笑、好有用，最令我震驚是條片最後更累積到十萬多點擊率，是我頻道史上點擊率最高的一條影片！雖然很可惜的是影片因為某種原因已被下架，但它就成為我想重新營運 YOUTUBE 頻道的一大動力。

最初營運 YOUTUBE，我沒有更新得很密集，大約一個月一條片，但影片內容主要圍繞泰國主題。自問稱不上為一個努力及出色的 YOUTUBER，但影片反應都比預期不錯，觀眾的評價大多正面，當然亦會有負面評價，但我沒有過分執著，總之就是以一個輕鬆心態去營運，想拍甚麼就拍甚麼。經過半年重新營運，頻道的訂閱人數由原來的百多人變成了一千人，我的社交平台亦隨之增加不少粉絲，亦多了幾位跟我聊泰國及泰星的網友。

泰花痴之路

頻道一直維持一個月更新一次，直至遇上疫情！在跟幾位網友聊天時，他們不謀而合向我推介一套 BL 劇集《只因我們天生一對》，希望我介紹套劇及拍 REACTION 影片。作為「REACTION 界」新手，我不知道怎樣才為之「好看」，只憑住自己感覺架起相機、點播劇集，然後拍住自己看劇時「當刻最真實的反應」，當初單純想滿足網友而拍片，但劇集竟然打開了我的新世界：「原來泰國 BL 劇這麼出色！」

ahhhkimm

@ahhhkimm · 2.52萬位訂閱者 · 153 影片

我是阿金♡ 只要關於泰國，都會分享 ›

instagram.com/ahhhkimm 和另外 1 個連結 ›

🔔 已訂閱 ⌄

首頁　**影片**　Shorts　直播　播放清單　社群　🔍

最新　熱門　最早

花癡訪EP.17 終於等到『國民樂團』
TILLY BIRDS來香港！😍 想食地道香…
觀看次數：1142次 · 2 週前

花癡訪EP.16 歡迎GEMINIFOURTH💚
1、2、3門快捷答！FOURTH…
觀看次數：3萬次 · 1 個月前

【泰文歌推介！】開箱私藏
Playlist🎶你都在聽甚麼？同埋加…
觀看次數：3223次 · 1 個月前

曼谷祭明寺「泰服一條街」！40蚊就
租到泰服包整髮配飾！10分鐘變「…
觀看次數：2489次 · 2 個月前

GMMTV公佈2024年15套新劇！這6
套我鎖定了「下年必追清單」｜泰…
觀看次數：4914次 · 2 個月前

【泰好帶團】曼谷3蚊坐火車！打卡
兩個超巨型象神！即開新鮮椰青只…
觀看次數：1723次 · 3 個月前

【花癡訪EP.15】「最眼瀾CP」
FIRSTKHAOTUNG互望就流眼淚的約…
觀看次數：3萬次 · 3 個月前

【HIGHLIGHT】花癡訪EP.15 -「最
眼瀾CP」FIRSTKHAOTUNG來了！｜…
觀看次數：1894次 · 3 個月前

曼谷七天吃甚麼好？泰子力推海南
雞飯｜米芝蓮平價泰菜｜女生打卡…
觀看次數：9347次 · 3 個月前

【花癡訪EP.14】DAOUOFFROAD來
了！竟然調唱「野狼DISCO」｜得收…
觀看次數：7784次 · 3 個月前

【HIGHLIGHT】花癡訪EP.14 -《戀
您不惜》DAOUOFFROAD 記得收…
觀看次數：1028次 · 3 個月前

【花癡訪EP.13】有請SUNNYPAK💚
準新郎「出軌」婚禮策劃師！重屋…
觀看次數：2507次 · 4 個月前

【周末泰娛】BRIGHT離開GMMTV自
立門戶倍老闆」ZEENUNEW參加彖…
觀看次數：5241次 · 4 個月前

【周末泰娛】FOURTH新歌做
CUTIEBOY追女仔！TPOP天王圍…
觀看次數：2317次 · 5 個月前

【週末曼谷VLOG】開導遊帶閨友玩！
泰妹今期最愛影打卡點！THONGL…
觀看次數：4401次 · 5 個月前

【周末泰娛】《粉紅理論》FREEN及
BL男星SENG被偷拍屋內親吻！｜…
觀看次數：8075次 · 5 個月前

【泰星QUIZ】1、2、3講！他是誰
♠你猜出多少個？｜泰花招阿金…
觀看次數：2689次 · 5 個月前

【花癡訪EP.12】報孔NO.1男團
ATLAS！笑過拯救過守明星夢！…
觀看次數：6906次 · 5 個月前

【花癡訪EP.11】OFFGUN四年後再
來合體！即場玩起日常「示愛招式…
觀看次數：1.1萬次 · 6 個月前

【花癡訪EP.10】神級樂團SCRUBB開
騷前李學康東話！跨唱BRIGHTWIN唱…
觀看次數：2775次 · 6 個月前

現在我的YOUTUBE已經變得多樣化

影片出街後，收到網友們大堆正面留言「很搞笑」、「好像見到我自己一樣」、「阿金拍多點！」等，望住大家的留言，終於明白為甚麼網友都支持我拍 REACTION，原來真的會令人很開心，我亦很滿足在疫情時期為大家帶來的歡樂。雖然 REACTION 片因為版權關係，翌日被下架令我有點傷心，但我就找到新方向拍片，由原本只拍泰國生活主題的懶人 YOUTUBER，變成全職泰劇花痴，接二連三拍了很多泰國 BL 劇 REACTION、跟泰劇學泰文、新劇介紹等有關泰國娛樂的影片，同時得到一班同樣熱愛泰劇的朋友的支持，YOUTUBE 訂閱人數慢慢由原本一千多人累積至現在兩萬多人，而我更決定將頻道改名為「泰花痴阿金」！

你不是錢，不會人人喜歡你

營運 YOUTUBE 有喜有悲，令我認識到同樣喜歡泰星泰劇的好朋友、得到好多工作機會，同時間亦令我遇上 HATER！雖然在拍第一條片時已有心理準備會有 HATER 的出現，但我沒有理會太多，直到有段時間出現大批 HATER，對我的外貌、泰文發音、影片內容等進行抨擊，甚至有人公開在社交平台討論我。老實講，人心肉造，對於大量難聽負面聲音，心情受到影響之外，亦開始對自己所做的產生質疑，更曾經失去拍片的動力。

我是一個思想很負面的人，凡事都會往最差一面想，但幸慶在迷失期間，身邊的「正能量發電機」朋友很用力拉我上岸，提醒我有一班討厭我的HATER，同時都有一班依舊支持著我的人，不要忘記他們的存在！曾經有一個朋友講過「你不是錢，不會人人都喜歡你」，聽起來很搞笑，但很真實！

多謝
由第一條影片開始
就一直支持我到現在的所有粉絲，
全靠你們每一個留言及讚好，
我才有動力拍片拍到今時今日。

一個人疫情下飛泰國

2020 年疫情大爆發,大家被逼留在香港無得飛,我就趁住這個長期 WORK FROM HOME 的時期營運 YOUTUBE 及 IG,介紹泰劇、泰國文化,及線上訪問泰星等,希望等到疫情好轉再飛去泰國拍其他內容。以為疫情只會持續幾個月,最多一年,點知一年過去都未見開關消息,兩年過去繼續被困,更令人灰心的是很多明星演唱會、活動都因為疫情關係而沒法飛去參加。

最空虛的香港機場

到 2021 年底泰國宣佈開關,各方好友都將有關新聞傳送給我,不過當時疫情仍不穩定,加上航班不多,港、泰兩地隔離措施及出入境要求又很麻煩,飛一轉連同機票、兩地隔離酒店費已經超過一萬多港元,即使內心一萬個想去卻被現實層面擊退,我放棄。直至 2022 年初,泰國的隔離要求放寬到由原本七天改為一天,已打兩針的入境人士到埗後進行檢疫,我二話不說即搵齊入境泰國所需文件、訂隔離酒店、買機票、通知泰妹朋友,然後在香港仍未開關的時候:「媽咪,我下個月飛泰國啊!」

出發當日有種莫名奇妙的緊張感,擔心自己做漏入境文件、擔心到埗檢疫程序複雜、最驚落地無端端「兩條紅線」要即時隔離,感覺很多「未知」在等著,疫情下去旅行無意中多了一份心累。而香港機場更加冷清到不行,過關檢測直行直過,去到閘口只得小貓三、四隻,是我活在香港三十年第一次見過「最空虛的香港機場」。

車上一塊透明板隔住我同司機，應該是疫情限定的畫面

隔離當晚我獨自在酒店消磨了一整日時間，反省「到底以前旅行都在趕甚麼？」

疫情限定的新畫面

兩年半沒有踏足泰國國土，相比起冷清的香港機場，素萬那普國際機場的人較多，過關區有不少來自不同國家的旅客，似乎大家都跟我一樣被困很久想念泰國了！一出機場大堂，一幕我從未見過的情況：幾十個司機拿住寫有酒店名稱及旅客名稱的A4紙打橫排開，場面震撼亦很混亂，我都花了一些時間才找到我的司機。

為了保護自己及乘客的健康，司機在車廂內全程都沒有跟我聊天，甚至安靜得有點距離感。直至去到檢測站，司機才跟我説第一句話「那邊」，示意我去「撩鼻」。檢測站搭建在一個小巷裡，我拿著護照及酒店訂單排隊，穿著防疫衣的檢測人員派了一包檢測包給我核對個人資料，然後安排我入去「撩鼻」，而檢測結果翌日直接送去隔離酒店。

好味到爆的炒金邊粉

相比疫情前一到埗酒店就即刻放下行李飛出去玩，今次我留在酒店房享用每個角落的設施：先去茶水櫃沖一杯熱咖啡、將衫褲整齊地掛上衣櫃、去浴缸邊煲劇邊浸泡泡浴、在床上拍無聊短影片、在房間瘋狂打卡，再叫了一個海鮮炒金邊粉做 ROOM SERVICE，不知道是我太餓的關係，還是太想念地道泰菜，這碟炒金邊粉好味到爆，粉質超煙韌，加埋花生碎及青檸汁，酸甜味中又夠香口，而且蝦肉彈牙，好滿足啊！

回想起來今次好像是我第一次認認真真地在酒店房玩了幾個小時，到底以前旅行自己都在趕甚麼？

原本檢測結果要等一日才會收到，不過大約晚上 8 點左右，酒店職員突然按門鐘送上我的檢測結果。即使出發前自己檢測過無事，但都擔心會無預警下「中招」，開信前我一直口噏噏祈求「無事的！無事的！」因為我跟泰妹約定如果無意外的話，明天就可以出街追星兼行街！好！3、2、1……冇事！耶！

翌日一早，泰妹就揸車來到酒店樓下接我，原來兩年多沒見，她已經成功考到車牌！在前往追星活動現場途中，我們一直更新疫情期間大家的生活，泰妹轉了工、搬了屋、交了男朋友，我亦由全職記者變成營運社交平台的 FREELANCER，大家的生活都變了樣，唯獨我們的友情依舊。

當日粉絲逼滿商場幾層樓

見返泰妹，大家的生活變了很多，唯獨沒變是我們的友情

2.12

一個人出錢出力做訪問

疫情之下衝去泰國，除了不想隔住個電腦螢幕「追星」及探泰國朋友之外，還有一個重大任務，就是要親自去訪問憑住泰國 BL 劇《CUTIE PIE》爆紅、擁有合共 600 多萬追蹤粉絲的當紅 CP ZEE 及 NUNEW！是疫情之下第一個泰星真人訪問啊～OMG！

全港首個獨家訪問

萬事起頭難，比起以前打工做記者約港星或者申請韓星訪問，泰星相對難約，一來可能因為對方不熟悉香港傳媒背景、二來當時沒有太多外國傳媒要求訪問，三來可能擔心語言問題，所以最初等了整整一個月，幾個我聯絡了的單位有的回覆一次後直接消失、有的「已讀不回」，亦有「不讀不回」。全無音訊令我灰心過，不過如同我之前講過「我要做的話，一定要做到為止」！我死心不息尋找其他方法，更加動用泰國朋友的人脈，最終皇天不負有心人，我等到自己喜歡的泰星之一 GULF KANAWAT 的公司回覆，答應跟我做線上訪問。

那次我是第一個亦是唯一一個在疫情下跟他做訪問的香港傳媒，因為機會難得，我跟朋友前一晚試完再試 ZOOM 如何操作，訪問當日又早早開定兩部電腦以防中途遇上技術問題都有後補，總之就是要盡善盡美。而 GULF KANAWUT 的訪問成為了一個「好開始」，我陸續連線不同

用文字不足以表達到我當時的心情,直接看訪問花絮大家就感受到

泰星如 MEW SUPPASIT、EARTHMIX 等,在短短半年入面成功做到四個線上訪問,而且反應都很好,對我來說是個很滿意的成績。

香港朋友飛來做攝影師

我的野心突然變大,在計劃泰國行程時冒出一個想法「都做了幾個線上訪問,不如試下約線下訪問」!我開始用個人 YOUTUBER《泰花痴阿金》的名義聯絡,我一直等待對方回覆,甚至去到泰國都未有消息。明白 ZEE 和 NUNEW 是當紅 CP,加上我用個人名義,難約是理所當然,所以我抱住一個「隨心」心態,一邊去玩然一邊跟他們公司聯絡。沒想到竟然在逛街途中收到他們的答應,我即時呆站在商場中間,將這個好消息告知香港朋友!

跟自己喜歡的泰星做
真人訪問,很緊張亦
很神奇!很喜歡他們
完全沒有偶包

因為是我人生第一次在泰國進行訪問,加上很喜歡 ZEE、NUNEW,所以非常著緊兼緊張。朋友知道我想將訪問做好、想拍一條看起來專業又高質素的影片,於是她收到我電話之後,不惜回港要隔離七天就二話不說買機票、帶齊自己的私家攝影裝備在疫情之下飛來泰國做我的攝影師!正所謂「近墨者黑」,我很瘋狂時,我的朋友都很瘋狂。

泰星幾乎沒有偶包

D-DAY 來了!為隆重其事,我選了一件粉紅色配金色的傳統泰服作為「訪問戰衣」,雖然有點害羞,但第一次在泰國做訪問想搞少少花臣。我跟朋友由在酒店裝身開始已經緊張到手心出汗,去到訪問場地門外,互相捉住大家隻手講了一句「加油」就開工!雖然今次是她第一次做訪問,

但前一晚已經討論好相機擺位,所以入到去我們二話不說就開箱砌腳架、上相機、試光、試咪,然後互相整理儀容,就坐定定等主角到場!

ZEE、NUNEW 穿了一套全白「王子 LOOK」走過來,「我的天,好靚仔啊」,他們聽到之後很開心地笑笑口,ZEE 亦指住我「你穿泰服來也很美」。哎喲,真的很會說話。坐下之後,正式訪問,可能剛才跟他們聊了幾句,所以心情放鬆了。我喜歡跟泰星做訪問,除了因為私心鍾意,其中一個原因是他們大部分都平易近人,亦沒有偶包,只要不是甚麼過火問題他們都有問必答,更會跟你開玩笑呢!

對比以前還在做全職記者時,每次做訪問都有攝影師跟身,我從來不需要擔心拍攝及剪片事宜,但變成自由身 YOUTUBER 之後,鏡頭前後的工序全都一腳踢,還要沒糧出!曾經有幾次我因為累到吃不消、點擊率不好而質疑過「到底這麼辛苦是為了甚麼」,有想過放棄,但真的「太喜歡太想做」所以堅持到現在。而我幸運的,是有一個肯陪我一齊辛苦做好每個訪問的攝影師好朋友!

阿曦,多謝你!

做自由身 YOUTUBER,由整道具、準備器材、拍片剪片所有事一腳踢!但我幸運有一個不問收穫的好朋友陪我努力

2.13

一個人上《又要威又要戴頭盔》

「爸爸媽媽，我上電視啊！」其實我不是第一次上電視，學生時期試過去電視台看錄影節目及出去商場追活動時，被鏡頭意外捕捉到一、兩次，雖然只是「快閃」兩秒，但當時都會好自豪跟爸爸媽媽及朋友分享，小朋友就是恨上電視！不過今次，是我被邀請上電視節目《又要威又要戴頭盔》做受訪嘉賓！

好驚自己會妄語

有日收到一位朋友在 WHATSAPP 傳來一張對話截圖，見到朋友的朋友一句「你會不會幫到手問下追泰仔那位朋友」，然後朋友就問我有沒有興趣上 ViuTV，因為見到「泰仔」兩個字，估計是有機會在電視公開討論泰星吧，所以我一秒沒有考慮「有啊」，原來是節目《又要威又要戴頭盔》想做一個關於追星的內容，希望受訪者分享追星趣事、做站姐的辛酸、追星術語等，我就負責泰星方面：「完全就是開正我個瓣啊！」

入行傳媒界近十年，第一次走上受訪者的椅子，可能是因為有過很多訪問經驗，大約知道訪問流程，反而最擔心是自己在鏡頭前面會爆出驚人言論，畢竟我都是個經常被朋友形容為「妄語」的人，而這個缺點，是我這兩年間一直努力改善中的人生課題。在等候埋位時，我都跟自己講：「陣間要冷靜，不要過度興奮，矜持。」

沒想過自己可以上《又要威又要戴頭盔》，人生真的很神奇

阿金你講得很好

「準備，3、2、1」節目正式錄影！節目主題為「追星族」，除了我之外還有兩位分別追港星及韓星的女生，我們都跟住主持人的問題分享歷年來追星的苦與樂，其中我就分享了自己由追韓星變到追泰星的故事，最得意是教兩位主持人一些粉絲才知道的追星術語，例如「CP 飯」、「站姐」、「私生飯」等。

去到最後，主持人都叫我們跟自己偶像或者其他粉絲講些説話，我記得自己講的時候單純是當刻想到甚麼就隨心發表，沒有想太多，但去到節目出街時，很多我身邊朋友及其他有關注我社交平台的朋友都私訊表示「阿金你講得很好」、「很感動，完全是所有粉絲的心聲」、「謝謝你」……其實我自己重聽一次都覺得「講得不錯」，哈。

當時我説了：不要用大眾標籤低估「追星族」！

作為過來人，由細細個追星到長大成人，都曾經在屋企人、親戚或者朋友口中聽過「浪費時間」、「沒意義」、「你做這麼多他也不會知道的」、「花錢在自己身上還好」等説話，他們可能覺得是善意的提醒，但對於像我這類粉絲，聽到都幾傷心。老實講，追了十多年星，我從來沒有一秒覺得在浪費時間，亦沒有覺得我的追星人生是沒意義地白過，如同我在節目所講，我感恩遇到每一位喜歡過的明星，因為沒有他們，應該不會有「阿金」，我亦不會有資格被邀請上《又要威又要戴頭盔》做嘉賓，更加沒有機會坐下來寫這本書！

在我漫無目標、只知吃喝玩樂的學生時期，RAIN 令我找到「我的志願」，推動我去完成記者夢；在我工作樽頸期，P' SUN 點燃了我飛去曼谷學泰文的慾望，我隨後才會開設 YOUTUBE 分享泰星泰劇資訊，以及得到一連串意外的工作機會；最重要的是，去年我再次遇上另一個低潮低時，是泰星令我走出心理困境，尋獲快樂的。

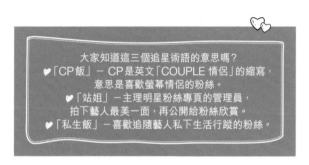

大家知道這三個追星術語的意思嗎？
💗「CP飯」－ CP是英文「COUPLE 情侶」的縮寫，
意思是喜歡螢幕情侶的粉絲。
💗「站姐」－主理明星粉絲專頁的管理員，
拍下藝人最美一面，再公開給粉絲欣賞。
💗「私生飯」－喜歡追隨藝人私下生活行蹤的粉絲。

2.14

一個人做見面會主持

「請為 YINWAR 送上掌聲～」我每次在無意間回想起這句話，都會會心一笑。它是我在泰星 YIN、WAR 首個香港粉絲見面會上台時講的第一句開場白，亦帶領住我行上「泰星見面會主持人」的第一級美麗台階！

要做雙語主持人？

某日，我在曼谷跟朋友吃午飯時，突然收到一位之前合作過的朋友傳來訊息，告訴我 YIN、WAR 下個月會來香港舉行粉絲見面會，希望邀請我一齊合作，收到消息一刻，我即時興奮跟對面的朋友報料「YINWAR 來香港！」在討論宣傳策略時，他問起我「你有沒有主持經驗？」考慮到我有做過主持經驗，可以擔任粵、泰雙語主持，他決定跟主辦提出建議再跟我落實！即使在工作上已經儲了不同經驗、對粵泰翻譯亦有信心，但見面會主持人始終是個全新領域，我擔心自己應付不了，不過「一切都交由宇宙決定」，繼續食飯。

兩個星期過後，朋友落實由我擔任主持人，望住電話幾秒我才清醒：「今次來真的了，泰星見面會主持人。」

寫人生第一份主持稿

距離見面會還有一星期多，人在曼谷的我開始準備見面會的事宜：跟台

灣導演視像討論流程、遊戲及準備主持人講稿。以往主持稿都由同事負責,我從來沒有寫過主持人講稿!望住眼前的流程表,第一句開場白要講甚麼、五分鐘中場暖場要怎樣做、閒聊環節傾甚麼好、如何控制現場氣氛,我一粒字都想不出來。「三天之內,我就要完成份稿兼背熟它⋯⋯」我開始由原本好期待,變到有點迷惘,更加因為時間緊逼而感到壓力。

其實由同導演視像開會去到準備好主持稿,都沒有很大實感「啊~過兩天就要揸咪上台喇!」直到開騷前一天去場館見到四面台的真身,跟導演及藝人開會夾一次完整流程及主持稿,然後 YINWAR 離開前跟我講一句「明天見!」我終於有種「明天就是了⋯⋯」的感覺!那晚回到家,倒數十多個小時,準備好上台戰衣我就即刻把握時間「吞稿」,逼自己將主持稿背到滾瓜爛熟,確保可以由尾背返轉頭,不知不覺就凌晨四點。

上台,加油!

朝早 11 時去到會場,我要先「踩台」將整個見面會流程走一次,音響組哥哥將咪遞給我「這支咪是你的」,然後幫我戴上耳機。我眼定定看著它感覺很神奇:「我竟然有機會拿住這支咪⋯⋯」突然聽到導演在耳機入面傳來一句「阿金,歌曲播完就上台」。雖然是綵排,但上台一刻台下所有工作人員都關注著我,對於第一次上台來説壓力實在超大。

時間一分一秒度過,我緊張到連午飯都完全吃不下,一直在化妝間背稿,同時確保大家了解見面會完整流程、走位及遊戲部分,終於可以休息!

正當我回到化妝間打算背多次稿時，導演突然走進來「30 分鐘後開始，準備好就出來！」再給我一個溫暖的抱抱，是時候上場了！直到到場館燈慢慢關掉，我走到台邊準備時，緊張到差點喘不過氣來。

第一次大成功

「音樂還有 10 秒，阿金準備，5、4、3、2、1，阿金上台，加油！」導演在耳機打氣一聲後，我吸了一大口氣，揸實支咪，踏上第一格台階……

「請為 YINWAR 送上掌聲……」

台下粉絲在我講完這句開場白之後大聲歡呼及拍掌，氣氛比預想的還要好，我即時如釋重負：「開場，順利過關！」之後我就按住「劇本」進行

第一次「踩台」，要記好上台時間、走位、藝人企位等等！我揸住支咪手心不停出汗

感恩我人生第一個主持見面會，就遇到超級 NICE 的 YINWAR 和超專業的製作團隊

暖場時間要一個人在台上面五分鐘，緊張到爆炸

再一次多謝所有接受我這個見面會新人主持人的所有朋友

見面會：跟藝人聊天、進行拍照環節、玩遊戲⋯⋯去到中間暖場時間，又是另一關「打大佬」，我要「一支獨秀」五分鐘跟粉絲交流及教大家跳舞！一個人面對現場所有粉絲，擔心大家會不理我玩電話，又驚自己控場不善令場面尷尬，帶住一份畏懼感「頂硬上喇」，我很幸運，當晚粉絲們都很好玩，我見到大部分人都帶住一個開心的笑容，我很感動。

見面會終於來到尾聲，當我講主持稿上最後一句「現在就好好欣賞YINWAR 準備的最後一個表演」，我帶住一個既滿足又不捨的心情下台，而我的朋友就站在觀眾席最後方，舉起一隻手指公等住我「今鋪掂啊！」見面會結束，我最緊張的是大家對我的評價。我走到控制台跟導演抱抱道謝時她對我說「你真的太棒了」、打開電話見到媽媽傳來一句「你做得好好」、台灣同事臨離開時跟我講「經理人說 GOOD SHOW」，到合照時 YIN 跟我說一句「厲害」，當刻我覺得自己是個很幸福的人。

2.15

一個人體驗死亡 CAFE

「如果現在就要離開這個世界，你可以嗎？」我跟朋友時不時都會問大家這條問題，而我每次都會回答「可以」。

「死亡」這兩個字，對很多人來說很悲哀沉重、大吉利是，甚至是不應該隨便討論的話題，至少我家人兩老已經是這樣想！不過我跟身邊朋友都將這回事看得很隨心，戴一戴頭盔，不是在講我們會隨便犧牲生命喇，而是不會刻意去逃避！特別是泰國朋友，可能是佛教背景的關係，我很多朋友都將「死亡」看得很普通及自然，曼谷 ARI 區更加有一間「死亡咖啡店」叫做 KID MAI DEATH CAFE。

重新思考生命

「KID MAI」在泰文的意思是「重新思考」，咖啡店之所以用「死亡」做主題，就是想到訪的客人重新思考對生命同人生的觀念，得意的是，咖啡店的飲品都是以生、老、病、死命名，入面還有不同體驗館如媽媽子宮、醫院病床、喪禮、瞓棺材等，最後一個⋯⋯應該很多人會避忌吧，但亦看得出泰國人真的很有創意同埋沒所謂。

我先後去過死亡咖啡店兩次，第一次去是 2018 年在曼谷讀書時遇上「低潮期」及外府交通意外之後，第二次是去年中旅行的時候。五年過去，其實死亡咖啡店仍然在同一位置屹立不倒都算厲害，相比同一時間香港

很多店舖已經轉手幾次，另外以前我去死亡咖啡店是免費入場的，亦可以自由選擇買不買飲料，現在它已經升呢到要收入場費，反映出死亡咖啡店在曼谷有一定市場需求！

現在死亡也沒有所謂

行入咖啡店之前首先要經過一條「問題隧道」，入隧道時地下會有兩條路作為選擇：「有目標的生活」及「沒有目標的生命」，之後看見掛了幾個用泰文及英文寫的「今天你累嗎」、「有人在等著你嗎」、「還有甚麼想做但未有機會做的事」、「你的人生目標是甚麼」、「你對現在所做的事感到快樂嗎」等燈箱，每當行一步燈箱就會亮起。原本不用一分鐘就可以行完的一條超短隧道，正正因為頭頂上面的燈箱令我行得好慢，亦好認真去思考每一條問題。

記得第一次去死亡咖啡店，我是選了「沒有目標的生命」那邊進入，然後每一條問題都答得很負面。當時沒了收入又沒了男朋友，加上遇上交通意外，人生很迷惘，覺得沒有目標、沒有錢，亦沒有幸福，望住「你對現在所做的事感到快樂嗎」的燈箱時：「不快樂」，認為是自己選擇來泰國才會走上了這條「甚麼都沒了的路」，很灰極，「死亡」對我來說是「現在也沒有所謂，反正人生沒有意義」。上年我再去死亡咖啡店，五年之間我經歷了其他大大小小的事，生活變了，思想亦隨之改變了，唯一沒有改變的是「死亡」對我來說依舊是「現在也沒有所謂」……

我先後去過死亡咖啡店兩次，因為大大小小
的人生經歷，令我對「死亡」的想法改變了

沒有目標的生命

為自己的喪禮進行「綵排」

我已經很快樂

CAFÉ 裡有一個醫院病床體驗區，睡在床上聽住旁邊心電圖監測儀的聲音，我可以幻想自己在病床上迎接最後的時間，然後去到最後一個環節，為自己喪禮綵排及體驗瞓棺材。在棺材入面：「如果現在要離開這個世界，可以嗎？」我可以！不是因為我好像五年前來泰國讀書這樣對生命充滿絕望，而是因為……「我已經很快樂了！」

回顧這幾年人生，我達成了很多願望，亦得到很多從來沒有想像過會得的幸福及快樂，例如訪問到偶像、為紀錄片做翻譯、訪問不同泰星、上電視、建立 YOUTUBE 頻道、做見面會主持人等 等，這幾年間我覺得自己的生活很豐富有意義，但假如我的生命明天就要迎來最後一天，我亦不會感到可惜，最起碼我真的有開開心心地活過。

「沒有人知道『明天』或者『下世』哪個會先來到」CAFE 門外還有這句句子……我曾經是一個很執著，思想負面的人，但有位泰國朋友跟我講過「每個人都會有後悔的事、都會有過去，活在『現在』的我們沒有能力改變『過去』，但有能力去決定今天或明天或是將來要做著令自己開心的事度過，還是一直痛苦到最後一天。過去的你已經死了，現在的你可以重新開始。」

 將每天當成最後一天，
開開心心的度過。

泰國特別多古靈精怪?

03

屋企的「鬼妹妹」?

不論在泰國讀書的時候,抑或是回港之後跟朋友講起我在泰國生活的故事,大家很常問我一條問題:「你有撞過鬼嗎?」哈哈,似乎「泰國」跟「鬼」之間,永遠存在一個「等號」。

老實講,在我迷戀泰星之前,其實也跟很多朋友一樣覺得泰國是個很猛鬼的國家!有這個想法應該很正常吧,畢竟我小時候被泰國電影嚇得太多,印象中除了《人妖打排球》、《初戀那件小事》及 TONY JAA 的《拳霸》之外,幾乎全部都是鬼片,甚麼《鬼影》、《陰容院在》,就連港產片《見鬼》都是圍繞住泰國的鬼故事啊陰功,還有經常聽到甚麼落降頭、養鬼仔等真人真事,令我當年一直不敢去泰國旅行!

泰拳老師說泰國很多鬼

自問我算是一個膽大的人,不怕獨自去泰國生活、不怕跟陌生人去外府兩天一夜,也不怕坐 14 個鐘火車去清邁,但是我!很!怕!鬼!記得準備出發去泰國讀書時,我有偷偷問過香港的泰拳老師:「泰國真的有很多鬼嗎?你有見過嗎?」老師當時一面淡定跟我講「很多啊!我也見過」,但他叫我不用害怕,因為不一定人人都會看到,如果真的遇到也可以找師傅處理……當時我心想:「你這樣講,我會不害怕嗎?」要謝天謝地的是,我讀書的那一年過得非常安穩平靜,反而是前年我去旅行暫住在泰妹朋友的租借單位時,卻遇上一件奇異怪事。

當時泰妹朋友剛搬入新居沒多久，當我進屋時，第一眼看到的是有很多櫃，整個單位放了差不多六、七個落地玻璃大櫃，重點是放得非常沒條理，左一個右一個，客廳中央又突然放置一個，有點奇怪，我有問過泰妹朋友為甚麼不整理一下，她說自己一個女生住，因為不想麻煩而沒有理會太多，由它們放在原處。其實沒有甚麼特別不舒服的感覺，只是視覺上有點突兀。

一個人在泰國讀書時沒有遇過甚麼古靈精怪事，沒料到去年旅行卻發生了詭異事件……

我身後的小妹妹

直到有次跟香港一位朋友聊起那個單位，朋友就突然一面嚴肅跟我說：「其實有天晚上我跟你視像通話的時候，我看到你身後有一個小女生走過……」聽到當刻，我即時背脊涼一涼：「不是吧……」雖然朋友看不到小女孩完完整整的「實體」，但就形容她大約五、六歲左右，而且是一路走一路笑的，感覺沒有惡意。因為考慮到我還要住在單位，所以朋友當刻沒有即時告訴我，裝作不知情就算。

聽朋友講完之後，我感恩自己沒有「看到」小妹妹的出現，否則應該會即時哭著拖行李離開。但回想一下，我想我可能曾經見過那個小妹妹。當我還住在單位時，有一晚夢見過一個外貌跟朋友形容差不多，是個紮住孖辮、大約五、六歲左右、穿著小鳳仙的單眼皮華人小妹妹！在夢裡她開心地拉住我，邀請我陪她玩，而且一直天真在笑，我還清楚記得她的笑聲。醒來時我沒有想太多，覺得是個很普通的夢，誰知道當晚我跟泰國朋友講起我的夢時，她才說昨晚亦夢到一個紮住孖辮的華人小妹妹，我們兩個都即時你眼望我眼。

泰妹朋友租住的單位真的有很多櫃，房門外又有，客廳中央又突然有一個……

我們見過面嗎？

因為泰國朋友的媽媽擁有「感應靈體」的能力，於是朋友就在當晚即時致電給媽媽，告知她我們發的夢，媽媽表示小妹妹是從布吉島跟我們回來的，剛巧我跟泰國朋友早陣子去了布吉島一星期短遊，小妹妹感覺我跟泰國朋友看似很善良，所以想跟隨一起玩，但並沒有惡意，媽媽叫我們不用太害怕，小妹妹已經離開，翌日去廟上炷香就可以。

雖然不能肯定朋友見到的，跟我和泰國朋友夢到的是不是同一位小妹妹，但這個巧合到現時為止我都覺得有點詭異。現在，我在夜闌人靜時分獨自在房間寫這篇親身經歷時，都不自覺回想起小妹妹的天真笑聲……我連向後望都不敢，還是到此收筆好了！

3.2

BASE ON 鬼故事的「娜娜廟」

假如你問我:「去曼谷有甚麼一定要做?」我會回答:「去拜神吖!」

相信有去過曼谷旅行的朋友都知道,當地真的有很多大大小小的寺廟及神壇,單是大型百貨公司 CENTRAL WORLD 附近,就已經有超過五個,當中最出名的有「百求百靈」四面佛,以及最多單身女孩子前去拜拜的「愛神」!簡直多到「總有一間喺左近」。

一段淒美恐怖故事

印象中我去到泰國之後第一個跟泰妹朋友去的寺廟,是位於 ON NUT 區內的「娜娜廟」,好像是我們見面第三、四次就已經約去拜神。大家可能對這個廟很陌生,我也是認識泰妹之後才知道有它的存在,但如果有看過一部浪漫愛情鬼片《嚇鬼阿嫂》的話,入面的女主角「娜娜」正正是這座寺廟的主人翁!

至於娜娜廟的來源,讓我講少少故⋯⋯

相傳 18 世紀,懷孕中的娜娜跟老公生活在曼谷 PHRAKHANONG 河邊一個鄉村入面,期間老公突然被召入伍參戰,娜娜在等待老公歸來時不幸難產而死,娜娜因為太愛老公而化成鬼妻,抱住兒子等到老公回鄉一直陪在對方左右。老公原本不知娜娜已經離世的事實,直到村民告知他

真相，老公害怕到逃入廟避開娜娜，娜娜的鬼魂就此被高僧收服並供奉在娜娜廟入面。

拍成經典《嚇鬼阿嫂》

就是因為有著這個凄厲浪漫傳說背景，泰妹話去娜娜廟求「愛情」是最靈驗的！還有，泰國男生至今仍然要抽籤當兵，抽到紅籤的話就要入伍，所以女生們如果不想男朋友像娜娜老公一樣被召入軍隊，亦會去求娜娜幫男朋友求免除履行軍務！據知《嚇鬼阿嫂》男主角 MARIO 當年來娜娜廟拜拜之後，真的抽到免除兵役的黑籤，是當年大新聞之一啊！

當年泰妹約我去娜娜廟，是因為她已經「空窗期」很久，想找個男朋友，而娜娜廟就在我們住的小區入面，決定見識一下！去之前一晚，我先上網查看娜娜廟的模樣，不開玩笑，單看「娜娜像」的相片，有少少心寒，但又很好奇見它的真身。

我跟朋友基本上每星期都會去不同的寺廟拜拜！至於靈不靈驗，就見仁見智了

難以解釋的陰森感

娜娜廟藏在 ON NUT 區一條小巷入面的大寺廟 WAT MAHABUT 裡頭，我跟泰妹朋友要從 ON NUT BTS 站坐雙條車去到馬路邊下車，再步行入廟。行近娜娜廟，就見到有大大個娜娜抱住兒子的人形雕像，行入廟內見到一間類似小小的木房子，中央位置就放了一個貼滿金箔的娜娜像，周圍則放滿很多娜娜人像畫、相片、七彩繽紛的泰服、大堆 BB 玩具等。比起傳統寺廟，娜娜廟給我的第一感覺更像一座小型的「紀念館」，讓大家記住這位對愛情忠誠的傳說女子。

老實講，娜娜像的「真身」就如同網上所見：全身貼滿金箔、鮮紅口唇、長黑髮、穿著傳統泰服、手抱嬰兒，最重點是她的眼神堅定又帶點憂怨，跟我見過的佛像很不一樣，有種難以解釋的陰森感。見到身邊所有泰國女生都在誠心跪拜、上香、掛花、貼金箔，似乎娜娜廟真的有一定的「威力」！對我來說最得意的一點，是見到有女生會買泰服、飾物去供奉或還神，以前我跟媽媽去拜神還神一般都只是帶生果或者燒肉等，見到泰國人的拜神文化，再次大開眼界。

泰妹真的有拖拍

泰妹說她曾經成功求愛的朋友教路，如果要求有男朋友的話，一定要跟娜娜講清楚自己的理想型條件，愈仔細愈好，如果有暗戀對象更可以拿住照片，講清楚對方的名字及出生年月日，假如娜娜認為你跟對方有緣

份就會「牽紅線」！如果成功了，一定要回去還神啊！偷偷講，泰妹在拜完娜娜廟一年後就找到男朋友！是巧合還是娜娜發功？則見仁見智。

娜娜廟近年更被裝飾成為打卡點

第一次見娜娜像，其實我覺得有點陰森

泰國仲有好多愛情廟

3.3

「KK 園事件」很可怕，獨遊泰國安全嗎？

對於一個女仔旅居泰國，又經常一個人拖住行李飛來飛去，屋企人也好、身邊朋友也好，就連 FOLLOWER 都好，大家最最最最最緊張的其中一點是，人身安全。

沒有百份百安全的地方

在 KK 園事件大爆發時，我每日收到 DM：「泰國現在安全嗎？」

記得前年突然之間爆出「KK 園事件」，令不少香港人提心吊膽！當新聞及網上都是一篇又一篇可怕故事時，我在泰國親身見到及體驗到的又是另一回事，最神奇的是，當 KK 園事件在香港及台灣鬧得熱哄哄，我打算跟泰國朋友聊聊這單新聞探究當地情況時，他們根本沒有聽聞過 KK 園的存在。

「KK 園事件」爆發期，曾經有一位女性朋友跟我說她原本約好跟另一個朋友下個月去曼谷追星兼旅行，但對方就因為見到 KK 園的新聞而害怕，決定放棄旅程，令她不知所措。我自認是一個做甚麼都本住「衝了再說」的人，但今次關乎到朋友的人生安全，我都很理性地告訴她：「雖然我經常一個人遊走泰國，但不會肯定地告訴你『泰國是個百分百安全的地方』，其實不只是泰國，是每一個國家、每一個地方都有潛伏危險性。一個人旅行，對我來講是一場賭博！假如你決定 TAKE 這個 RISK，就能夠好好照顧自己。」

我就住在這個小閣樓房間，環境很安靜，但夜晚盡量不要獨自外出

一個人住的偏僻民宿

在 KK 園事件曝光前兩個月，我才在泰國獨遊完接近兩個月，整個旅程有一半時間我都是獨遊。當初我在酒店網見到這家民宿時，看中它的大堂裝潢勁復古，很適合打卡，所以一下子付款訂房。直到入住當日，先發現原來它藏在 THONGLOR 區一條很入又很寧靜民區小巷內，由 BTS 站行入去的話更加需要近 30 分鐘，當刻我就知道自己失策了！入住當日已經是下晏五點，CHECK IN 後，整理完行李都已經入黑，當我想行去便利店買晚餐，又發現最近一間都要步行差不多數分鐘……雖然民宿附近都似是民宅，但因為小巷沒甚麼街燈，加上很靜，所以都有少少害怕，而且我入住時似乎沒有其他住客，有種叫天不應叫地不聞的感覺，所以入住的那兩天我都選擇天黑之前就回到民宿，然後直接不出門。

老土地説，一個人去旅行，男生也好女生都好，不管本身你對那個地方有多熟悉，盡量選擇住在人氣旺區的可靠酒店、沒特別事就不要夜歸、避免去偏僻小巷、小心人流複雜的地區、坐公共交通工具、不要隨便跟陌生人去其他地方等……可以的話就將自己行程告知屋企人及朋友，到時到候報平安不要玩失蹤就好。

一個人去曼谷旅行可以考慮這幾家民宿，我住過環境不錯，最緊要安全

生日做善事！泰國人的無私付出！

自認我是一個直腸直肚，有時又會口出狂言，但絕對不是一個邪惡的人啊！我會買旗，也會捐錢和幫助有需要的人，不過要講「好」，我的泰國朋友才是真真正正的大好人。

泰國人善心還比我想像的多

泰國人有一個信念，就是平日愈造福愈多，自己都會積到福氣及運氣，人生會更開心同順利。就等同大家都知道的「因果關係」。記得有次我跟兩個泰國朋友去寺廟拜神，門外的管理員叔叔容許我朋友的車泊在寺廟，還說如果有工作人員要來泊車就會通知我們。當我們準備取車離開，朋友突然走入一家便利店，買了一些食物和飲料送給叔叔。

上車後我忍不住問泰國朋友為甚麼要買零食給叔叔？「想多謝他幫我們照顧車子啊，天氣很熱，他也辛苦吧！」我聽到之後，即時對朋友舉起手指公讚了一句「JAI DEE MAK（你好善良）」，可以對一個陌生人這樣付出，泰國人真的太好了吧，我真心佩服！

泰國人習慣會在生日入廟拜神，我亦入鄉隨俗，上年生日當天跟朋友一齊入廟祈福

 去泰國令我學會的，
除了泰文，
還有同理心及無私付出！

泰妹朋友們到孤兒院親自下廚，她們真的很善良

朋友行為令我活得更內疚

另一個令我震驚的文化，是泰國人會在生日相約朋友一起去做善事造福！有次泰妹問我某個星期天有沒有空，她的朋友生日想邀請我一起去造福，而出發前一晚，泰妹朋友打電話來跟我約好明天清晨 10 點就來接我，更提醒我記得著得 SABAI（輕鬆）一點，不要穿裙子，我當下心想：「吓，10 點就入廟，這麼神心？」

當日包括壽星泰妹的家人，一行十多人，買了很多食物、玩具等，比平時我們去廟大陣象得多，於是我就八卦問泰妹我們是去哪個廟，誰想到泰妹回應我：「啊！我忘了講！今天我們不是去廟啊，我們是去孤兒院做義工，這些東西都是為小孩子準備的！」

生日做義工？

我們去的孤兒院距離曼谷大約兩個小時車程，是一所很簡陋的房子，入面有大約 20 個小朋友，室外有個小型遊樂場及一個小農地給小朋友學耕種，室內就有個公共活動空間，擺滿枱、椅子及小小玩具，另外有一個廚房及兩、三個課室等。

記得我們行入孤兒院時，一班小朋友已經好開心跳跳彈彈地歡迎我們，有小朋友更加主動上前拉住泰妹朋友的手，雖然是第一次見面，但他們很熱情。泰妹將手上的冬甩、零食放在枱上後，小朋友們都衝過來圍住

張怡，而泰妹笑笑口摸下幾位小朋友的頭：「隨便吃，姐姐先為你們準備午餐。」就跟媽媽、姨姨及幾位朋友拿住一袋二袋食材走入廚房煮午餐，我就跟另外幾位朋友隨時候命兼同小朋友玩！

施比受更幸福

吃完午餐，我們跟小朋友玩遊戲，將文具及玩具送到他們手上，又幫手去農場淋水播種，雖然天氣好熱，但大家非常滿足。我們在孤兒院留到大約下午 4、5 點離開，回曼谷之前我們去了附近的河邊咖啡店休息，順便買了一個小蛋糕為壽星泰妹簡單慶生。這份同理心，我聽完之後有點內疚，亦覺得自己以前活得有點自私。比較泰國朋友，可能我自小就在香港這個競爭城市長大，雖然做記者不是甚麼賺大錢的工作，但接受不了「人有我冇」的感覺！從小到大我只會專注自己擁有甚麼，不會去體諒別人沒有甚麼，更甚少在沒有利益情況下，將自己擁有的分享出去。

3.5

睇戲唱頌歌! 泰王生日是父親節?

不知道大家有沒有去過泰國看電影,有的話應該都體驗過一個很特別的景象!就是戲院會在播放電影之前先放一首歌頌王室的《頌聖歌》,然後入場觀眾會起立唱歌!真的沒有開玩笑,我第一次遇上的時候,有點不知所措!

突然播頌王歌, 全場觀眾起立

在剛去泰國讀書的兩個星期,是我首次入泰國戲院看電影!我在電影播放的 15 分鐘前就坐,因為早場關係,人沒有太多,我附近亦有人跟我一樣「一支公」入場。如同平時,我一邊玩電話一邊等候開場,突然聽到院內響起一首很慢的音樂,我以為是廣告所以沒有特別為意,但就感到場內觀眾都站起來,看到螢幕播放一條拉瑪九世普密蓬的影片,有他出巡的畫面及他跟國民互動的插畫等,觀眾便開始跟隨影片唱歌!當下只得我一個坐著,太突兀的關係我就跟大隊企起身,裝模作樣扮唱,幸好當時戲院已經關燈,沒那麼尷尬!

之前去一些小店或咖啡店，都會見到有泰王拉瑪九世普密蓬的精品及手繪畫像，由這些微小的東西都已經證明到，泰國國民對他有多尊重

五年後不一樣

回到學校，我趁小息時間將早上戲院的尷尬事告訴老師，老師笑住解釋那首歌其實是用來致敬王室的《頌聖歌》，入場觀眾不一定要起立，可自由選擇的，所以外國人像我不起立也沒關係：「Mai pen rai（沒關係的）。」明白了！

不過有件事想分享，以上的經歷是發生在 2018 年，當我上年再去泰國看電影，播放《頌聖歌》的時候幾乎全院沒有一個觀眾站立，跟五年前完全是另一個畫面，當下我是有點驚訝的！至於原因……因為存在政治因素，所以在此 SKIP。

泰王拉瑪九世生日 就是泰國父親節

大部分泰國人對王室都非常尊敬，所以去泰國旅行的話，走在馬路大街、大型商場，或是進入一些餐廳小店，都會看到掛著大張小張王室成員的相片，現在大多是泰王拉瑪十世哇集拉隆功，不過有不少地方依然掛住泰王拉瑪九世普密蓬及其妻子詩麗吉王后的相片，因為拉瑪九世普密蓬在泰國人心中的地位非常崇高，其崇高地步是泰國人直接將他生日（12月 5 日）訂為國定父親節，母親節就以其妻子詩麗吉王后的生日日期 8 月 12 日而訂，跟我們香港或者其他外國國家將六月第三個星期日定為父親節完全不一樣！AMAZING ！

這個節日的源起可以追溯到 1980 年，當年泰國志願社團及教育補助基金會會長 Nuethip Semorasuthi 女士第一次在 12 月 5 日舉行父親節活動，多謝父親對兒女無私的愛，正好拉瑪九世普密蓬一直被國民視為「父親」一樣的存在，對國民貢獻極多，所以政府後來就直接宣布將拉瑪九世普密蓬的生日訂為父親節，可見他這位「國民之父」有多德高望重！

在泰國文化入面，一星期七天都會有七種對應顏色，剛好拉瑪九世普密蓬的生日是星期一，對應色是黃色，所以12月5日會見到很多泰國人穿上黃色衫，或者會用黃花美人蕉來佈置供奉，因為泰國人為美人蕉能比喻父親堅強形象。至於詩麗吉王后的生日代表色為藍色，代表花是茉莉花。

3.6

泰國人眼中「性別」有 18 個?

在很多人眼中,泰國可能仍是一個發展中的國家,很多方面都依然比其他亞洲地區落後,但在「性別」和「愛」方面,我個人認為泰國絕對是走在思想最前衛的亞洲國家!

在我計劃這本書的內容時,有一件很有趣的事我很想很想分享!就在大約六、七年前,我意外在網上看到一篇文章,它說泰國人將性別劃分了 18 種!沒錯,是 18 種!我看到的時候都在電腦前面「吓!」了一聲。當時在地球活了 20 多年的我,一直以為世界上只得「男性」及「女性」兩種性別,但泰國人就告訴我:「世界很大,一個人是很多元的!」我很認真地看完那 18 種性別,雖然腦袋有點打結,要用少少腦汁去理解,但就刷新了我的知識庫,難怪連他們的旅遊宣傳口號都是「AMAZING THAILAND」。

哈！聽完我講之後你也黑人問號，想知道有哪 18 種性別呢！來來來，腦汁 READY：

男生：喜歡女生的男生

女生：喜歡男生的女生

Tom：喜歡作男性打扮的女生，喜歡女生

Dee：喜歡酷帥女生的女生，或者是 Tom

Tom Gay：喜歡 Dee 和 Tom 的女生

Lesbian：喜歡女生的女生

Tom Gay Queen：比較女性化的 Tom

Tom Gay King：更男性化的女生

Tom Gay Two-Way：可以是 Tom Gay Queen，也可以是 Tom Gay King

Cherry：喜歡男同性戀和 Ladyboy 的女生

Samyaan：喜歡 Tom 和 Lesbian 的女生

Bisexual：雙性戀者女生，喜歡 Tom、Lesbian 及男生

Gay Queen：女性化的男生，喜歡男生

Gay King：男性化的男生，喜歡男生

Angee：喜歡 Tom 的變性人

Ladyboy：想當女生或變性人的男生

Adam：喜歡 Tom 的男生

Boat：喜歡女生、Gay King 和 Gay Queen 的男生，但不包括 Ladyboy

所有性別、人種及愛都是平等的

我喜歡泰國人對於性別及取向的大愛！泰國最厲害的是他們一直在不同
軌道上積極宣揚平權，其中最有影響的一定是它的影視作品！如早年的
電影《人妖打排球》，或是近年在亞洲得到粉絲擁愛的 BL 劇集，都加入
同性戀、第三性別人士元素，希望傳達一個訊息：「所有性別、人種及
愛都是平等的！」

最令我欣賞的一點是，在泰國演藝圈入面有很多藝人、主持人、歌手都
是 LGBTQ 群組成員！這點對於很多香港人來說應該蠻神奇，正如我父
母一樣，有次我在看泰國訪談節目，主持人是一位很有名的第三性別人
士，她的外型及樣貌完全是「美女級數」，老實說我也很羨慕她，哈哈，
但當她開口時，我父母就很驚訝問：「他是男人來的嗎？」

做自己，從來都不是錯

雖然社會大眾及影視作品大多都對不同取向人士呈現善良同接受一面，
但亦面對不少反對聲音。像是我一位同性戀泰國朋友，他的爸爸至今依
然不知道他的真正取向，一直問他何時帶女朋友回家，我看到他跟爸爸
的對話也替他感到心累。我朋友為了不令爸爸傷心，回家就會裝成一個
「百分百直男」，跟平時他用一把溫柔聲音跟我說話完全不一樣。最令
我心痛的是，他想過找個女性朋友結婚，完了爸爸心願。

不過要替泰國人開心的是，經過多年爭取，泰國國會眾議院早前終於通過同性婚姻合法化的法案，只要在參議院過關、再經泰王簽字生效 ，泰國就可以繼台灣和尼泊爾之後，成為第三個承認同性婚姻的亞洲國家！

泰國人想離開? 我想留下!

04

4.1

在香港是生存，在泰國是生活

「泰國是一個值得我留下的國家嗎？」這一刻、這一秒，我會答：「是！」

回想六年前一個人去曼谷，我一心只為見偶像及學泰文，基本上對於前路或者未來可以說是「毫無計劃」可言，當時只想著如何用「老本」開開心心度過一年留學生活（雖然那時候我已經接近 30 歲）。記得在曼谷生活了大約三個月左右，香港朋友及泰國朋友都曾經問我：「你有想過長居在泰國嗎？」老實說，那時候我的心態是 50 / 50，想留下單純地是因為喜歡泰星，二來是泰國生活指數比香港便宜得多，感覺上食個飯、飲杯咖啡，或者買件衫都輕鬆一點，所以「機會」來到的話，留下也是可以的。

人類是會改變的

至於不想留在泰國的「50%」，除了因為爸爸媽媽、朋友，及「當時的」男朋友都在香港，不太想離開他們，而當時的我在曼谷只生活了很短時間，對於自己能不能百分百適應當地文化和生活，甚至和當地人溝通，也沒有太大信心，所以仍然覺得留在香港這個舒適圈較好。

不過⋯⋯突然想起我最喜歡的其中一位台灣 YOUTUBER 鍾明軒一句說話：「人類是會改變的！」

有次去了做陶瓷，750泰銖就可以無限做，
真的很治療

曼谷的咖啡店甚少會限時，只要點一杯咖啡
就可以坐足大半天

對啊，人類每天都在改變，思想也好，行動也好，上一秒你可能對一個地方、一件事沒有興趣，但只要遇上一件事，上一秒的你就會打倒下一秒的你！由我讀完泰文回港，這六年間來來回回泰國數百次、人生亦經歷過大大小小不同的事情，遇過不同的人，對於「在泰國生活」這回事，我的想法已經跟以前變得 360 度不一樣！現在當朋友問我「你會想留在泰國嗎？」我會答：「今世做不到泰國人，也要做隻泰國鬼！」聽起來很搞笑吧，我是真心的啊！

哪裡令你舒適就是你的家

我經常會向身邊朋友讚賞泰國這樣好、那樣好，如果要我講想留下的原因，那就是我最常掛在口邊的一句：「在泰國，我可以真真正正的『生活』！」

在香港，不只是我，我身邊很多朋友一年 365 日，有 300 日都處於一個高壓無助的狀態。每天為生活勞勞役役，在這個人工永遠趕不上物價的狀態下，還要「死慳死抵」地儲錢。最可憐的是，想在咖啡店找個座位，在香港是一件很靠運氣的事，最無奈是當你等到張枱滿心歡喜要跟好姊妹聊足大半天，店員會說：「我們限時最多九十分鐘，每位消費最少……」很掃興。在香港，對我來說不是「生活」，而是「生存」。

想離開曼谷可以選擇去外府一日遊！外府的消費比曼谷更低

低消費娛樂

在泰國，我在街邊檔用 10 元港紙就能買到一個很美味又飽肚的飯盒，想食好一點，加埋甜品可能都只是 200 港元以內的事，至於平時或假日想去咖啡店打稿或跟朋友聚會聊天，不用擔心沒有位子，更不用擔心限時及最低消費，基本上一杯 100 泰銖，大約 25 港紙的咖啡，就可以由天光坐到天黑。

最開心的是，泰國有很多消費低，甚至是免費的消遣活動，像是市集已經有大型周末市集、夜市、限定市集、Siam Sqaure 又有免費街頭音樂表演、商場及公眾地方不時會舉辦免費音樂會、大大小小藝術館免費入場、逢星期三或特別節日戲院會有特價戲票，我曾經在「11.11」當日用 39 銖，即是不用 10 港紙看了一場電影，想跟朋友去遠少少玩，又可以搭火車一日遊外府，來回火車票也不用 20 港紙。你明白我為甚麼説在泰國才是「生活」嗎？

愛上泰國人情味

我經常跟泰國朋友討論有關港、泰生活差異的話題，作為一個拿香港人工的香港人去泰國生活，當然會比本土人輕鬆很多，因為一般泰國人的薪金只有 1 萬 5 至 2 萬銖左右，大約 4000 至 5000 港紙，如果不是要求很高的生活質素，普普通通過日子這份人工是維持得到的。

對於我想來泰國生活，有幾位泰國朋友都覺得很神奇，因為如果有機會的話他們渴望去英國、韓國等地方生活，因為覺得外國的生活質素及工資較好，而且回國之後地位會更上一層樓，但對我來説，身心舒服遠比高人工重要得多。不過亦有幾位泰國朋位認為泰國確實是個很值得生活的地方，他們説：「在泰國生活一定不會感到沉悶。」而且泰國人的人情味是令人想留下的另一原因，無論是街邊小販姨姨、揸的士的叔叔，抑或是追星妹妹，他們對所有陌生人都非常善良，這點，在現今香港地買少見少了。

總括而言，除非本身很富有，要不在香港也好，在泰國也好都是要為生活而賺錢，只是在於哪個地方能夠真正讓你感到快樂，讓你可以自由自在的為自己生活。

3元港紙坐火車去
外府玩真的很爽！

4.2

原來泰國人這樣看香港人!

我覺得去泰國生活,除了可以自由自在做自己喜歡的事,真正的做「阿金」之外,最有趣是讓泰國朋友了解香港是一個怎樣的地方,以及知道在泰國人眼中的香港人是怎樣的!每次跟新、舊泰國朋友談起香港,都有點像文化交流高峰會,打開了他們的新世界。

泰國朋友認識的「香港文化」

每次認識新泰國朋友,當他們一知道我來自香港,就會很興奮跟我說:「我想去香港旅行,想去拜神!」是的,在我很多泰國朋友眼中,香港就只有拜神、黃大仙、月老紅線及車公廟,問多少少的話頂多會知道 JACKSON WANG、迪士尼、點心、珍珠奶茶、麻辣……「珍珠奶茶和麻辣不是香港的」,泰國朋友聽到會一面驚訝:「真的嗎?不知道啊!」

十個有十個泰國朋友在認識我之前,都不太知道香港人的母語其實是廣東話,很多朋友第一次跟我見面時都是講:「LI HAO」,就連我去訪問泰星,他們大部分亦是這樣打招呼,所以我每次都要擔當「粵語小老師」,教他們講「你〜好〜」;亦有泰國朋友不知道香港沒有 BTS(空鐵),更加不知道香港物價貴得可怕,每次我跟他們說一杯泰式奶茶在香港賣 40 元港紙、一碟海南雞飯賣 60、70 港紙時,泰國朋友就會擘大個口:「你來泰國食吧!」然後當我說在曼谷用 3000 元港紙就可以租到一個

300 多呎的房子，然後在香港租一間 100 多呎的房子要花萬多元港紙時，他們直頭：「我在香港應該生存不了。」

身體力行做好自己

我曾經問過我身邊的泰國朋友，在認識我之前及之後，對香港人有甚麼印象，有朋友很認真的跟我説：「還沒認識你之前，我一直認為香港人很嘈，説話很大聲，而且很沒禮貌、很難接近，直到認識了你才知道原來香港人很溫和，跟泰國人很容易相處，很會融合泰國人的文化，最重要是你很搞笑，一講起泰國男生又會跟我們一樣會很興奮，這點很可愛，有點抱歉之前對香港人有這樣想法。」

不可以説自己是「香港代表」，但對於可以洗走泰國朋友對香港人本身的「印象」，是一件蠻得意的事，因為當大多數香港人都覺得泰國人很友善、很有禮貌時，原來香港人在部分泰國人的印象是「很嘈」、「很沒禮貌」，有趣有趣！也很難怪泰國朋友會這樣想，畢竟有時坐 BTS、大型超級市場、商場、按摩店，甚至是去看泰星演唱會也好，確實會聽到一些不是講泰文的人在大聲説話、大聲歡呼，甚至對當地服務員不禮貌對待！對於本身性格溫文的泰國人來説，其實是一種文化大衝擊。我很感恩泰國朋友跟我説出真實感受，令我更加清楚當自己去到別人的土地，真的要好好地「做人」，要不就會令跟自己來自同一地方的人無辜掛上不好的壞印象。

學習是對別人的尊重

我很喜歡跟泰國朋友交流港、泰文化，因為我認為如果真正喜歡對方國家的話，就要好好學習兼用心接受人家的文化，不論是語言也好，生活習慣也好！有泰國朋友對於我因為喜歡泰國而學泰文感到很感恩：「其實我本身不太分辦中國、香港及台灣人，以為你們都講同一個語言，不是你講也不知道原來你們的語言、生活方式都有分別。香港人原來很可愛、很有心，就如你因為喜歡泰國所以會努力去學泰文，你令我也想學習你的語言，互相交流，然後有日可以去香港跟你玩。」

我一直覺得，一個語言最能夠代表一個種族，而且是人與人深入交流的最核心渠道，所以要真真正正了解一個地方，尤其想在泰國生活的話，好好學習人家語言真的是最基本的一步！雖然說英文及身體語言世界通行，但學會人家本土語言，除了生活便利，也是對當地人一種尊重，就正如外國人來到香港，跟我們說廣東話，我們也會格外開心一樣！

簡單來說，大部分泰國人認識香港不多，對於香港最底層的「真正文化」幾乎是空白一片。當韓國及泰國成功將影視作品輸入香港，透過明星效應令香港心認識到當地文化及語言，甚至帶挈到當地旅遊時，香港在其他國家的人眼中，印象只停留在劉德華、周潤發、王家衛的年代⋯⋯ 突然有種當人家都在進步的時候，香港似乎止步了一樣的感覺。

4.3

想交泰國男友，但「他們都很花心？」

自從 2018 年分手之後，到現時我已經單身了五年多，不管是我媽媽、我的香港或泰國朋友也好，都經常會問我：「你不打算找個男朋友嗎？」老實講，現在的我覺得比起找個男朋友，專心做自己想做的事更為重要，但如果真的要找個人一起度過下半生的話，我希望對方是泰國人。

由第一版開始看到這一章的話，大家都很清楚當年我跟男朋友是怎樣分開的，亦大約猜得到我是一個有多衝動又熱愛自由的女生，哈～其實五年過去，我一直很感恩前男朋友當年主動提出分手，要不，可能我到現在也不會清楚自己是個性格不太好又過分依賴的女朋友。最重要的是，回復單身之後，我才有機會好好跟自己對話，認清接下來的人生要怎樣走，以及要一個怎麼樣的伴侶陪我前行。

泰國女生都想要個韓國男友

我無論跟香港抑或泰國女性朋友，最喜歡討論的都是有關港、泰兩地男生的話題。我們最常問對方的是：「如果要在香港男生跟泰國男生之間二選一，你會怎樣選擇？」我跟好幾位同樣喜歡泰星的香港朋友每次都二話不說選擇泰國男生，泰國朋友看到我們這麼堅決覺得很搞笑，因為他們不明白泰國男生到底有多吸引，有泰國朋友潑冷水說：「泰國男生不好啊，他們大多都很花心、性格又不好、又懶惰、完全不做家務……」下刪千字負面評價，然後就會說：「跟韓國OPPA或者外國人拍拖好過！」

關於「花心」這回事，我相信不只是泰國男生，全世界都有花心男的存在，只在於福氣及運氣好不好，俗語有云：「人生總要遇到一兩個渣男」老實講，我自己也是一個很花心的女生，哈哈哈哈，典型天秤座就是外貌協會會長，見一個愛一個嘛！不要誤會啊，我是在講喜歡偶像，如果交了男朋友，我也會很專一的（應該是……）。

為了生混血 B

韓國 OPPA 跟外國男生拍拖是我很多泰國朋友的 TOP 2 之選，他們喜歡 OPPA 的原因很單純，都是因為被韓劇、KPOP 洗腦，覺得韓國 OPPA 靚仔、身材好、溫柔體貼，所以渴望自己也能成為韓劇主角，擁有一段猶如《不可抗拒的他》般界乎性感又浪漫的愛情關係；至於外國男生，是因為大部分泰國人都想學好英文、想去外國生活，而且覺得外國男生的收入一般都較泰國人高幾倍，加上較為浪漫，所以想找一個好歸宿，過更好的生活！甚至我有一個泰國女性朋友，她單純是想擁有一個眼大大的混血 BB 所以想跟外國人交往，嗯……女人真的很膚淺。

泰國男生很體貼

跟泰國男生交往到底好不好，我現在實在不能評價，但個人感覺泰國男生一般都很細心、善良，而且性格很隨和，但現時我還沒有機會跟泰國男生拍拖，到有這個運氣的時候，我再在社交平台跟大家實時報導吧！！

以我身邊認識的泰國男性朋友為例，他們對女朋友很貼心，會記得女朋友喜歡甚麼、會準備小驚喜禮物，到時到候又會交代行蹤，最重要外出食飯一定先事跟女朋友交代好，又會讓朋友跟女朋友通話避免不必要誤會。我欣賞這份坦誠及安全感，所以我暫時還沒見證到泰國男生很花心的一面。

尋找精神樹窿

說到底，人大了對於「人生伴侶」的條件其實已經開始變得愈來愈貼地及現實化！小時候可能會有「我要找個模特兒級數的有錢靚仔做男朋友」的天花龍鳳幻想，但當人生旅途已經走了三分一路程、身心都經歷過摧殘及成長，比起富有的靚仔，現在的我更希望身邊那位是一個思想一致，而且可以任何時候都互相成為大家精神樹窿的人！最重要的是，對方要跟我一樣喜歡泰國、想留在泰國生活、可以完全接受到「AMAZING THAILAND」的千奇百趣文化，同時擁有佛系式隨心之心及開放思想，環觀以上所有條件，好像泰國人比香港人略為優勝吧！

當然，沒有人知道未來的事，可能我打完以上一段「擇偶條件」之後，明天、下個月，或者下年會遇上一個完全不一樣的人做男朋友～ 哈！ 講過了：「人會變，月會圓！」

4.4

泰國採訪很有愛

由 2012 年入行做娛樂記者,直到 2020 年真的放下記者證,轉做一個「甚麼都做」的自由工作者,除了在工作範疇上得到更大自由,做到很多新嘗試、認識更多背景不同的人之外,最開心的應該是有機會去到泰國出席公開活動,真正體驗泰國採訪文化差異,然後跟朋友炫耀一句:「在泰國採訪原來很開心。」

在最最最最最開頭,我已經講過入行前、後,記者「幻想與現實」工作的差異,曾經有好幾位 FOLLOWER 跟我講過:「我畢業之後都要跟 P' KIM 一樣做記者!」假如問我在香港做記者是否一個理想的職業,我會回答:「體力撐到是最基本,如果認為自己心靈及精神夠強大⋯⋯也可以一試。」

註:戴一戴頭盔先,以下分享是我入行年代的經驗,畢竟這幾年間香港傳媒亦面對不少改變,做事方式及行內文化可能已經不一樣!

被「老海鮮」惡言洗禮: 行開喇,粉絲做記者!

香港記者出名惡,尤其是娛樂記者!在我新人入行初期,就曾經接受過一次「老海鮮」的「惡言洗禮」,到現在過了十年,那個畫面依然歷歷在目!記得入行首個活動採訪是一個戶外大型群星騷,在零經驗、沒有相熟行家底下,我本住「跟大隊」的想法行事,沒想到「跟大隊」是會出事的!

採訪中途，我見到行家們突然走埋一邊跟某巨星做圍訪，於是我就跟住圍圈圈，怎料在圍訪開始之前，我前面的女記者擰轉面望我，突然在記者群中大聲呼喝：「你是誰啊！哪家的！」當我回答是雜誌記者時，她就說：「雜誌記者走開吧！我們報紙訪問雜誌不關事啊！」當刻有幾位記者及攝記都跟口叫我「行開」，而那位巨星亦嚇一嚇看足整個過程，最後那位記者大叫一句：「粉絲做記者！」作為新人，在公開場面及大群面前受到這個對待，確實很不知所措及驚慌，對於她那句「粉絲做記者！」更覺得有點侮辱，無奈現場沒有一個人肯出言相助。

港式採訪手法

如果要數盡八年間在香港採訪生涯上面對過的「對待衝擊」，應該要開另一本書才寫得完，哈！不過老實講句，現在重提往事也不會責怪那些行家，因為我相信不只是傳媒界，所有工種都有很多「行內潛文化」是由遠古時代開始傳下來，一直沒有人出聲改變。我很明白在香港做傳媒的壓力，加上社會氛圍，有脾氣及架子也很能理解。

我一直以為全世界的傳媒圈都是這麼苛刻、娛樂記者都是這麼嚴肅！直到前年我有機會體驗「泰式採訪」，才知道港、泰除了生活文化上有差異之外，原來傳媒文化都有分別⋯⋯

記者會有飯盒和零食提供

那是我第一次在曼谷進行採訪,當日還有 RAIN 做特別嘉賓!我猶如回到十多年前新仔入行一樣,擔心撞板,最驚是「傻更更」越界在曼谷接受多一次「泰版老海鮮洗禮」!

我來到傳媒登記區,跟我聯絡的 PR 很 NICE 的迎接我,完成登記後她突然遞上一個有重量的小紙盒及一支水給我,再指住旁邊的長枱:「那邊有很多飯盒,隨便選喜歡的來吃!」吓?!採訪有禮物收,還有為記者準備的飯盒?真的嗎?我在香港採訪上百次,永遠只有捱餓工作,從來沒有試過有飯盒提供,泰國人太有愛了吧!在一個 WARM WELCOME 之下,我有感採訪一定會順利。

步入採訪區,我見到記者們已經架好相機,然後我小心翼翼找個空位 SET 機,盡量低調行事不阻礙其他記者!突然有個泰妹記者拍我,指住

前年有機會去曼谷採訪一個大型倒數活動,當日有 RAIN 做嘉賓

旁邊的空位:「請問這邊有人嗎?我可以放相機在這嗎?」我點點頭,她一眼就看出我不是泰國人,我們邊聊天邊等活動開始,更拿出入場之前在 PR 手上收的那個小紙盒,原來是幾件小蛋糕!泰妹記者見到我的表情很驚訝,就問:「噢!香港採訪沒有(零食)的嗎?」我笑住搖頭,她亦感到詫異,然後我們又開始笑談港、泰採訪八卦事。

泰國記者 相親相愛

活動開始,我跟泰妹記者去做圍訪,跟香港圍訪一樣,記者們都要鬥快搶到最有利位置,但不一樣的是,現場所有泰國記者都面帶笑容,而且互相幫助!前排記者會問後排記者自己有沒有擋到他的鏡頭,有後排記者因為太遠拍不到,就直接將手機遞上麻煩前排記者幫他拍攝;期間有個抬住巨大錄影機的大叔見到我拿住一部小型相機在找位置,就主動讓我跟泰妹記者站在他前面,還開玩笑說:「你看人家年輕人做事多輕鬆,我們還要帶住大機走來走去。」泰國的傳媒氛圍明顯輕鬆及有愛得多!

我真的很喜歡泰國人的無私及相親相愛,有時想假香港職場也可以大愛一點,有很多方面應該可以變得更進步吧?!

上年被邀請去採訪泰劇 FINAL EP 見面會,也是一次很很很開心的經驗

那次倒數活動大會居然為記者準備了飯盒呢

4.5

準備做隻「泰國鬼」

翻回前數章,我講過:「今世做不到泰國人,也要做隻泰國鬼!」這15隻大字,充滿了我的真誠、真摯及真心,我是絕對沒有開玩笑的!不過要百分百入鄉隨俗,準備下半生做隻「泰國鬼」之前,首先是要有一顆接受到港、泰文化差異的心,問心一句,由2018年去留學到現時為止,有很多「泰式文化」我仍在努力融入當中⋯⋯

泰式文化一:「遲到」如同食生菜一樣普通

作為一個土生土長的香港人,「不用急,但最緊要快!」這句說話,應該很多人都跟我一樣,由懂性開始已經被家庭、職場或朋友圈輸入直送到骨髓入面,所以我對「時間觀念」是有點執著的!重要約會或工作只有早到沒有遲到是基本,有時約了朋友意外遲到亦會提早通知,不過泰國人就視「遲到」這回事,如同食生菜一樣普通。沒有誇大,我身邊的泰國朋友,就連他們身邊的朋友,基本上十個入面有十個每次約會都會遲到,遲到半小時是「小事」,遲到一小時是「正常發揮」!就如我初到曼谷,第一次跟泰妹出街,約好一點見面,最後兩點半才見到她現身⋯⋯

嗯,我的「耐性值」是在泰國儲回來的!最神奇的是,泰國人從來不會因為遲到道歉,或要求對方道歉,任何時候只會用一句「SABAI(輕鬆)」回應,然後默默等待,更加不會追擊式催促別人。最深刻一次是,我跟一班泰妹們去市集閒逛,其中泰妹F要後期加入,當泰妹F通知我

曼谷基本上每日24小時都在塞車，對於我
這些心急的香港人，很多時候都會選擇飛
電單車去目的地

們人已在市集門口時，其他泰妹繼續施施然在市集內邊行邊食，再慢慢找市集出口，最後泰妹Ｆ獨自一人等了足足一小時！跟她見面時，她更笑笑口迎接我們，我見到當下真的：「WHAT！是菩薩嗎？」比著是我，應該一早已經走人再「BLOCK」。

泰式文化二：塞車塞到天荒地老

塞車這個問題，不只是我，就連泰國朋友都表示頭痛，不過分別在於當塞了三十分鐘之後，我就會開始不耐煩想跳車轉飛電單車，而我的泰國朋友仍然可以很歡恩地找不同的「車廂娛樂」去調節心情，例如唱歌、跳舞，及拍 TIKTOK！有時我望住我的泰國朋友，覺得自己很可憐因為在香港養成了一個急燥的性格，對於「等待」這個課題，我仍然很努力在學習當中，但願我有朝一日可以擁有泰國人消遙的耐性！不過有一點真的很佩服當地人，就是即使他們在路面塞了整個小時車，消耗了極多精神，但依然可以保持平靜的心，不會隨便響唝發洩，曾經有朋友跟我說，響唝會嚇到其他車及路人，所以不是緊急情況都不會響唝！真的很佛～比著在香港塞車，響唝聲應該由龍頭響到龍尾。

泰式文化三：叫老公／老婆做男、女朋友？

在香港，通常拍拖的時候都會稱呼另一半做「男／女朋友」，結婚之後就會改口為「老公／老婆」，當然有很多愛得痴纏的小情人在交往一日

泰國人一般愛吃濃味食物

後都會叫大家「老公／老婆」，都是一個身份確認。不過泰國人很可愛，首先「男／女朋友」都統稱為「FAEN」，不分男朋友也好，女朋友也好，另外就是任何人都可以叫做「FAEN」，我有個朋友她都會用「FAEN」來稱呼我及幾位朋友，因為我們都很要好，又很照顧大家，關係就如情人一樣溫馨，所以一起外出的話，我們會有「FAEN 1」、「FAEN 2」、「FAEN 3」等稱呼；而最驚奇的是即使結了婚也好，有時泰國人亦會對外稱呼自己的老公或老婆做「FAEN」，我曾經有好幾次被已婚泰國朋友混亂了思想，一開始以為只是男／女朋友關係，聊聊下才知道原來他們已結婚！這個文化⋯⋯ 如果本身對「身分認證」很執著的話，應該會很頭痛。

泰式文化四：不喜歡食菜，並且吃得超！級！濃！味

初到泰國的時候有次跟泰妹外出食船麵，聽到她叫「走菜」時我感到很驚訝，到後來再得知原來我身邊很多泰國朋友都有不吃菜的習慣，雖然香港很多小朋友都不喜歡吃菜，但泰國朋友是連船麵入面的幾粒「伴菜」都要拿走，是有點誇張的，而他們普遍表示因為「菜」有青草味所以不喜歡！另外泰國人一般吃得很濃味，以吃船麵為例，明明本身湯底已經很濃味，但他們都習慣加完糖又加辣粉，然後再加酸汁，就連普通吃個炒飯都會加魚露！這個，是個人口味的差異啦，不過要講的是，泰國人真的很會整醬汁，尤其是去打邊爐或吃火爐，比起我們香港人習慣只沾豉油、辣油，我的朋友都可以用餐廳提供的材料，調製出很出色的醬汁！

在泰國基本上不分早、晚，24小時都可以隨意去拜神祈願

泰式文化五：一日廿四小時都可以拜神

這個真是「AMAZING THAILAND 文化」入面，我最喜歡的一個！大家看到這章，應該已經很清楚我是個很愛跑廟的人，而在泰國，我是可以隨時隨地，廿四小時都有得拜神！對比香港，很多大型寺廟在下午五、六點就會關門，在傳統觀念上亦不習慣在深夜時分進行拜祭，感覺不吉利！不過泰國人就隨意得多，四面佛是會開門至晚上十一時的；Central World 門外的愛神及象神是 24 小時開放的；在 Hwai Kwang 的象神廟、Sam Yan 站附近的義德善堂都是 24 小時開門的，所以我跟泰國朋友很多時候會在吃完晚飯後去拜神。

其實還有很多港、泰文化差異……不過一切都在於花時間去習慣吧～

匯聚光芒，燃點夢想！

《一個女生泰浪漫》

系　　　列：旅遊 / 心靈勵志
作　　　者：阿金
出 版 人：Raymond
責任編輯：歐陽有男
封面設計：Kris K
內文設計：Kris K
插　　　畫：binzi.fa
攝　　　影：阿曦
出　　　版：火柴頭工作室有限公司 Match Media Ltd.
電　　　郵：info@matchmediahk.com
發　　　行：泛華發行代理有限公司
　　　　　　九龍將軍澳工業邨駿昌街 7 號 2 樓
承　　　印：新藝域印刷製作有限公司
　　　　　　香港柴灣吉勝街 45 號勝景工業大廈 4 字樓 A 室
出版日期：2024 年 6 月
定　　　價：HK$138
國際書號：978-988-76942-5-0
建議上架：旅遊 / 勵志小品 / 生活優閒